大展好書　好書大展
品嘗好書　冠群可期

大展好書　好書大展
品嘗好書　冠群可期

生活廣場 18

後宮生活秘辛

廖義森／編著

品冠文化出版社

序言

漢人鄒陽曾說：「女無美惡，入宮見妒！」

在「後宮」這一畸形的團體中，千年來，就隱藏著無限險辣辛酸、令人寒毛直豎的「秘辛」。

本書除了提供讀者消遣取悅外，還帶有一些學術性的史事與詩歌的陳述；並儘可能地以輕鬆諧趣的筆調，描繪中國皇朝聖嚴莊重的另一面。

最後，要再三向各位讀者強調的是：本書絕非誨淫誨盜、穢亂污邪之作。雖然本書並無經世致用的大計，然而卻足與孔夫子所謂：「吾未見好德如好色者」相驗證。讀者如能循此而有「見賢思齊焉，見不賢而內自省」的體悟，那才是作者最大的希望。

未學後進，粗疏漏略之處，自所難免，祈請諸賢方家，多所惠諒指評是幸！

目錄

第三章 濃艷豐肌與醜女賢婦

第一章 嗜愛裸妃的專制皇帝

要談中國古代專制社會的皇帝本紀，若未論及每一朝代的國君的後宮生活，以及在當時舞台上扮演重要角色的一些宦官軼事，就好像歷史的某一部分被隱瞞似的。君王制度下的專制君王，除了延年益壽這一件事外，幾乎可說沒有什麼事辦不通的。

因此，好色君王們的性生活，可以想知是荒淫無比的。尤以古代封建社會下的中國皇帝，其在後宮的風流韻事頗被後人傳頌。在此引用元順帝所說的一段話：「人生一世間，猶如風馳電迅，百歲光陰，驟爾已逝，雖夜夜行樂，猶患不足。」

這樣日夜不分地急於行樂，美人之多，連孔子、孟子都要瞠目咋舌了。

誇言不愛裸體美女的男人，大概是騙人的。女性的胴體如同希臘藝術雕刻，應被視為上天的傑作。但觀諸歷史上中國專制皇帝的所作所為，似乎美女的裸體是挑誘他們動情做愛的第一目標，這和審美觀的境界實有天壤之別。

大體而言，中國歷代的君王，均以著重禮樂教化的儒家，為國家經世治平的信戒，所以恣意地玩賞女性的裸體，根本就是大罪難赦。

這姑且不論，我們首先看看，專制皇帝對裸體鑑賞所持的態度為何？

第一號登徒子皇帝

被視為「登徒子」一號的皇帝，是漢高祖劉邦踐祚以來的第九代子孫——成帝。這已經到西漢末年，距被新莽篡位，不到四十年的光景。

他在位期間（紀元前三十三年到紀元七年），曾詔命名儒劉向將國家秘府的書籍加以歸類整理，算是對中國文學有非常卓越貢獻的一位皇帝。

他在深宮後院裏，溺愛著令人垂涎稱羨的趙飛燕與趙合德二位美女姊妹。

趙飛燕是纖柔細腰，如風前搖柳的美女，她是典型中國美人的模範。

趙合德則是弱骨豐肌、遍體生香，頗具魅力的美女，兩人膚色都白裡透紅，據史家記載就像紅玉一樣。有關此二美女尚有待詳細描述的特點，在此暫且擱置不提，先來說那有偷窺狂的成帝——

一個能引發他人憐愛的女子，除本身外在必須具備美女的條件外，還要有聰睿的慧思，將她的美貌發揮極致——趙合德就是這樣的女人。

表面上，她像是很尊敬姊姊，常要成帝去臨幸飛燕，不必特意來照拂她，因

此，特別引起成帝的愛憐，寵變的程度，最後甚至超過其姊。

至於合德慣用的伎倆，就是由眾侍女簇擁入浴……成帝似乎顧忌著善妒的姊姊飛燕，於是悄悄地偷窺沐浴中的合德。「三尺寒泉浸明玉」不自覺地溜口說出這句話。這故事流傳到後世，於是變成「登徒子」第一號皇帝。

其實成帝大可堂而皇之的欣賞合德裸浴，或許如眾所周知，與其明明白白地觀賞，倒不如偷偷地窺視來得有興致吧！

裸游館與水上音樂

東漢靈帝在位時，他曾與宮女嬪妃們互相袒裎裸露地泛舟遊樂。

他十三歲即位，儼然一副早熟孩子的模樣，對這種消魂蝕骨的事大為在行。一年到頭若不看裸女，就什麼事也不能做，實在是昏聵不堪的皇帝。

在初平三年遊西園，營造了千座所謂「裸游館」的休憩所。特地引河水圍繞於四周的藩牆，並在石階上盡數鋪蓋綠苔，且特選玉色宮人執蒿楫，可謂色迷心竅之至。而他又如何大行淫樂呢？其方法是——

夏天時於河上駕舟，讓宮女們在船頭上嬉戲，而後趁機翻覆遊船，隨即在水裡和裸露的嬪妃們戲水遊玩。

這些裸妃的年齡從十四、五歲到十八歲不等，如同現在的中學生以至高中生年齡的女孩。當沐浴在夏日的驕陽裏，嬉戲於波光粼粼的人工河川時，為更加提高眾人的興致，岸邊還有音樂助興，一段唱畢，再複沓重疊一段，極盡一唱三嘆之致，悅耳動人自不在話下。

音樂是由宮女編組成的合唱團體所吟唱，皇帝還令她們作「招商歌」的曲調吟唱，為的是在炎炎夏日招引涼風。因以「秋風」最為涼爽，秋又屬「商」所以稱「招商歌」，歌言：

涼風起兮日照渠。青荷晝偃夜葉舒。
唯日不足樂有餘。清絲流管歌玉鳧。
千年萬歲嘉難踰。

當樂音緩緩地迴盪在裸體嬉戲的男女身上時，就宛如曲中所述，良宵苦短，歡樂難盡。

當冬日來臨時，煮沸池水，加入西域進貢的菌墀香，變成香氣氤氳的人工溫

泉，然後與裸妃們共浴，飽足的盯視嬪妃們如雪般的肌膚和火紅的臉頰。

於是，那散發出難以言喻香氣的川水，就被命名為「流香渠」，並在其中遍植蓮花，因為蓮花夜裏開花而白天含苞待放，就被命名為舒荷。

在王嘉的拾遺記就有記載：

「渠中植蓮大如蓋，長一丈，南國所獻，其葉夜舒晝卷，名夜舒荷。」

無論冬夏，一到夜晚，長夜的宴會便流綿不絕，而其目的，當然也是為了鑑賞美女的裸體美。

毗鄰裸游館旁有一所名叫雞鳴館的地方，這是古時候替代報曉鐘的養雞場。在記載著漢代宮制儀節的一部專書──《漢官儀》說：

「宮中夜漏未明，三刻雞鳴，衛士候於朱雀門外，著絳幘（用紅布把頭裹起來，就像雞冠一樣）雞唱。」

換言之，就是等雞啼，衛士馬上也要「叫」起來，告訴人現在天已亮，就像全國標準鐘一樣，而朝廷的官員，也都要整裝上朝。所以盛唐時代，有名的田園詩人王維所作的「和賈至舍人早朝大明宮」詩，首、頷聯便云：

絳幘雞人報曉籌，尚衣方進翠雲裘。

九天閶闔開宮殿，萬國衣冠拜冕旒。

描述得極為活潑生動。且讓我們再把話題轉回本文。

由於宮中晚宴正酣、興致也達到最高潮，可惜天已漸漸亮，宮女們爭相學雞叫聲，以使雞鳴館裏的雞隻誤以為天已大亮，牠們不須再啼晨了。於是，宮裡的盛宴仍然可以繼續進行。

嬪妃宮女那裏情願散宴！她們也是貪戀地享受著裸宴的歡樂啊！

前漢的成帝與後漢的靈帝，都是亡國前的君王。他們都是因為王朝的嬗代過久，以致政事也都千篇一律，皇帝擔當的國事也是一再反覆，而變得趣味索然，是以退而將其心志集中在尋求人類最本能的需求「性」上面了。

孔子說：「吾未見好德如好色者也。」想來也是理所當然，因為正如《孟子》告子篇說：「食色性也。」這該是任何一國的君王都有的相同事實吧！

「裸舞」宴會

以上所述的漢代大概是如此情形。自東漢亡後，進入三國分據鼎立的時代，

在章回小說三國演義裡所述的英雄豪傑可為代表。

接著是魏晉南北朝時代，所謂南北朝時代，是指將中國大陸分成南北二部，各朝代的興亡不斷更替著。南朝依次是宋、齊、梁、陳稱霸。

至於北朝，則由北魏、西魏、東魏、北齊、北周輪番遞嬗（從紀元四二〇年左右到五九〇年前後之間）。

由於身處亂世戰局，所以全國上下瀰漫著一股「即時行樂」的觀念。

南朝宋，其第五代即武帝劉裕的曾皇孫中，有一位名叫子業的廢帝。

南朝宋要早於趙宋約五四〇年，史家為區別起見，特意冠上其始祖的姓氏，故而稱南朝宋為劉宋。

子業即位為皇帝時，還是一個乳臭未乾的「小孩」，然而卻是個無以倫比的小色鬼。子業登基不久，便立叔母新蔡公主為妃，又命叔母輩分的楊太妃赤身裸體與臣子性交，藉以觀賞並取笑諧謔為樂，實在是罪大惡極！

但是，若有人不服從命令，則遭滿門抄斬的厄運，因此，再怎麼不情願也不得不聽從。

這個子業君王最喜愛的是「裸體跳舞」即是脫衣舞，而最後常演變成男女雜

處亂交的淫態舞會，一般稍具有良知的人，實在不敢如此肆無忌憚。因此，他可說是衣冠禽獸。

男性皇族是如此敗壞，而女皇族（皇帝的女兒們）亦不落人後，她們也毫無忌憚地淫慾濫情。

我們就舉個最具代表性的例子：子業的姊姊中有一位叫山陰公主的，她是不遜於子業的女色迷。根據南史廢帝本紀的記載，山陰公主是個「淫恣過度」的公主，曾經對子業斥吼道：

「妾與陛下雖男女有殊，俱託體先帝，陛下後宮數百，妾唯駙馬一人，事不均平，一何至此！」

於是子業就連忙把公主進爵為「會稽郡長公主、秩同郡王湯沐邑二千戶」，並頒與「鼓吹一部」又「加班劍二十人」，最重要的，還是差遣三十位面首（男妾）服侍她。

面是指臉孔姣好，而首是毛髮柔美的意思，總之是英俊的男妾就是了。

山陰公主雖為女流之輩，仍熱中斯道，也真可說是不讓鬚眉！

早初，她就與一名叫何戢的美少年通情，後來又戀慕被譽為當代絕世美男子

的吏部郎褚淵。

於是公主一心求皇帝，想招他為男妾，可是褚淵對這樣色迷心竅的公主實難從命，乃三十六計走為上策——跑掉了。任他們再怎麼威逼利誘，也至死不從。

山陰公主只好哭泣著放棄了，我們看這位公主，倒也是情癡一個哩！或許吃不到的葡萄，總是覺得最甜美的吧！這段哀怨的故事也就流傳了下來。

皇帝的女婿叫駙馬這實在是個妙喻。在漢朝就置有駙馬都尉的官職。駙馬、副也，就是掌頒帝王副車、馬匹諸事宜的官吏。

到魏晉以降，凡匹配公主必拜此官銜，所以，趙葵行營雜錄便提到：

「皇女為公主，其夫必拜駙馬都尉，故謂之駙馬。」

駙馬爺即是從此而來。

且說，這樣毫無忌憚地胡搞淫樂的行為，浪蕩的子業被臣子們弒殺是預料中事。事情是這樣的：

子業喜歡到華林園的竹林堂遊玩休憩，且仍命宮中婦人身裸相逐。有一次，一個婦人不從命，子業一氣，把她拖出去斬了。

事情過後不久，他夢到一個女子，指著他的額頭大罵地說：「你荒淫無道，

濫殺無辜，我看你過不了明年的秋熟！」

子業醒來，又驚又怒、又怕，便下令宮中搜尋這位不知名的女子，見到貌似的，就把她殺了。於是當晚又夢到被殺的女子詛咒他說：

「你枉殺我，教我怎麼甘心，我已經上訴到天庭玉帝，你活不久了！」

子業為此大感不安，又聽巫者們說竹林堂現有鬼氣，為了驅邪，便跟山陰公主以及後宮數百名著戴綵衣的女子，尾隨在巫群之後，開始捉鬼。這時他下令侍衛走開，自己親執雕弓射鬼。

幾經周折，終於大功告成，子業又開始奏起靡靡之音時，不料一個名叫壽寂之的人身懷利刃直刺子業，並另有姜產之當副手。

於是子業有如中邪一般，話喊不出口，連手也抬不起來，就這樣一命嗚呼。

俗話說「江山易改本性難移」，子業好淫，至死猶奏靡樂，不正是明證。

繼子業為帝的第六代君王（子業的叔父）明帝，其荒淫也不亞於子業，同樣是脫衣舞的同好者。

明帝在宮中內宴的時候，伴食的嬪妃，若為姣好的美女，就動手硬撕掉他們的衣裳，然後看她們害羞地喧嚷，到處躲藏的姿態，引以為樂。

此時皇后卻是掩扇不忍卒睹。明帝生氣地責問她說：「外舍家寒乞，今共作樂，何獨不視！」

皇后反駁道：

「為樂之事，其方自多，豈有使姊妹集聚，而裸婦人形體，以此為樂。外舍為歡，適與此不同！」

明帝受皇后反諷之下，惱羞成怒，一氣把她趕到宮外，再也不讓她參加這等淫會了。

更早於此的古代，即使是脫衣舞的始作俑者商紂王，雖然其酒池肉林廣為所聞，亦命宮女裸遊相戲，但卻沒有連自己的叔母、姊妹都命之裸舞的記載。

或許是罪孽深重之故，明帝一直沒有子息。他因此即在諸王爺的侍妾當中，物色妊娠的妃子，而後將入選者帶入後宮，待她產下嬰孩，即刻將她殺害，然後再讓自己的妾養育為子。

明帝的罪惡尚不僅此，在他殘酷暴戾的手段下，除一個腦筋愚魯的兄弟外，其餘的手足均被殺害。連自己親哥哥（第四代孝武帝）的數十個兒子也殺掉，其暴行真可謂瘋狂到無人性的地步。

就如人人皆知的竹林七賢等，處於稍有疑心即遭殺害的衰世，只好避難於竹林，飲酒清談蒙混度日。南朝人不是學仙辟穀，以求得道，就混沌終其一生——衰世的人民，是沒有辦法為自己而活的。

春宮圖的始祖

南朝宋亡後，齊承繼霸業。同樣地，齊亡國前也有一位叫東昏侯的廢帝，名寶卷。

提到這個東昏侯，不禁就要令人感歎的說：「世間多少不平事，不會作天莫作天！」

為何總有那麼多顢頇的君主，在統御這麼廣大的領土，如此眾多的人民！當然，東昏侯身畔的美女不計其數，其中最令他心儀的卻是潘妃，在下一章節會提到她，所以先略而不談。

我們現在要說的是他得意力作——春宮壁畫圖的繪製經過。

雖然東昏侯在位只是短短的二年，出人意料的竟然發生四次大火。第一次大

火，整個皇宮大院燒的只剩下東閣——也就是他父親明帝的舊殿，以及太極殿以南幾區，還可以暫住，其餘都蕩然無存！事後即大興土木，自不在話下。

不料隔年二月，乾和殿西廂又起火，幸而這次波及不大，損失還算小。然而經歷多次的天災，再加上頻繁的戰禍，卻不但沒有喚醒他的良知，反而更加肆無忌憚。據史書記載：

「日夜於後堂戲馬，鼓噪為樂，合夕便擊金鼓、吹角。令左右數百人叫，雜以羌胡橫吹。」

搞得筋疲力盡，等五更天了，才和諸伎就地而臥，睡到傍晚再起來。

結果第三度大火又降臨，這次他出遊，不在宮裡。

他的出遊我們也略為描述一番。以東昏侯好玩的個性，一個月就出去二十餘次，出遊的地點也未事先通知，他又不願讓小百姓看他的龍顏，所以就派衛兵做前導，驅趕百姓，到宅空為止。

他蹕止之處，都會打鼓敲鑼做信號，人民一聽到聲音，就要儘速離開，來不及走開者，就被當場格斃。

跑呀跑！有人沒有穿鞋、有人沒有戴帽，更有人來不及穿衣，也有人被踩死

了。老少震驚，啼哭四起，宛如一副地獄淒慘狀。

這一次的大火，突然在晚上竄出火舌，毫無預兆。皇帝不在，宮裡門院又緊閉著，既出不去，也進不來，在無法救援之下，宮殿都付之一炬，死傷更是不計其數，哭嚎直沖雲霄。

佞臣趙鬼進言說，漢代「柏梁既災，建章是營」，於是他便又開始興役構工——在殿房的壁牆，都特地混加麝香，並覆蓋以錦幔珠簾，然後再綴以金、銀、珍珠，極盡鏤金錯采之能事。

而東昏侯跟潘妃又都是急躁的人，希望殿房快快完成，然而即使日夜趕工，也無法趕上工程進度，只好去挖取古寺名剎的藻井、仙人、騎獸交差——真是滑天下之大稽。

色情狂的東昏侯，特發前人所未發的狂態，命畫工們在閣樓殿壁上，描繪男女私褻的畫像——或出勢、或露牝、或雜遝共處，投懷送抱的交歡情愛圖。

並且帶著裸妃們，一一品評嘲謔，並效尤之。所以我們稱他是春宮圖的創始人，實不為過。

只愛美人不愛江山

我們接著談南朝陳的「色帝」與各位讀者共享，那就是愛美人不愛江山的陳後主叔寶。

唐朝李延壽撰著的南史——在后妃列傳有關於南朝最後君王陳後主之愛妃張麗華的記載：

「張貴妃本是貧家女，父以織席為業。後主為太子時入選進宮，初為龔貴嬪的侍從。」

不久，陳後主忽然一眼驚見麗華，而為之神魂顛倒，隨即和她通情，而後麗華有孕，這時年方十歲而已。等她生下太子，便封為貴妃。貴妃髮長七尺而又亮麗，眼波流轉似有無限柔情，且聰慧有餘。

當遠觀她那盛裝凭欄的姿態，就宛如幸臨人間的仙女一般。其舉止閑雅，容色端麗，瞻視顧盼，光艷奪目。陳後主非常愛戀著張貴妃，經常抱於膝上聽取政務。而她亦強記才辯，所以後主對她言聽計從。

而在陳後主數以千計的紅粉佳麗中，除張貴妃外，還有孔貴嬪足與張貴妃媲美。後主每天與她們徹夜暢飲喧鬧，並且欣賞美女裸體群像，引以為樂。且又自譜倚艷輕薄的亡國音樂，亦即有名的「玉樹後庭花」，真可謂荒淫濫情之極。

如今若有侵犯年十歲少女的政治家，早就引起社會間的大騷動了，但是，在專制體制下，一點也不覺得驚奇。

至於後主愛美人有逾於江山的事實，我們現在就來說說。當隨文帝楊堅遣韓擒虎等大將逼臨陳都時，後主起初還色厲內荏地說：

「犬羊陵縱，侵竊郊畿，蠭蠆有毒，宜時掃定，朕當親御六師，廓清八表；內外並可戒嚴。」

結果終究打不過，還是保命要緊，皇帝不當也不打緊，於是改口道：「鋒刃之下來可當，吾自有計。」而躲進宮中景陽井裡——同時還帶著張、孔二佳人，再也顧不得忠臣的勸阻。

後主雖然精，但別人卻比他更靈，終究還是被揪出來，結果美人愛不成——張、孔都被處決，而自己總算還能老死洛陽，但卻落得唐詩人鄭畋詠『馬嵬坡』譏諷說：「景陽宮井又何人？」真是出醜已極！

玄宗也目瞪口呆

陳後主之後，非提及唐玄宗與楊貴妃不可。

關於楊貴妃，在下文將有專述，故在此只簡單約略地描述一下。

楊貴妃本是玄宗兒子壽王瑁的妃子。玄宗一見，即對她愛戀難捨，耗費一番冗長的手段——先命她皈依為尼，而後親迎做妃，以免讓人有強佔子婦的口實，只是瞎子吃湯圓，誰不心裡有數。

後來便在驪山華清宮為貴妃闢造華清池，而在這專用溫泉裏與她共浴嬉戲。當閱歷無數美女的玄宗，一看到楊貴妃那豐滿馨香，玉潔冰清的雪膚花貌，及那裸露的胴體時，竟也目瞪口呆！

由白居易的長恨歌「溫泉水滑洗凝脂，侍兒扶起嬌無力。」一詞，自不難意會其個中真味了。

第二章　柳腰美女十二選

——有一句膾炙人口的俗話「飽暖思淫慾」，這實在是既切實又得當的經驗談。也許是天下太平，人民無憂無慮的結果吧！如今全世界，到處都盛行著選美大會。

其中又以「美腿」決勝的選美大會，這可真令男士們飽嚐審美之福了。

不論什麼時代，只要有兩性關係的存在，僅靠修身、齊家、治國、平天下的條訓，是不能經治天下的。

我們且就擁有無數後宮佳麗的古代中國帝王，對他們所喜歡的后妃類型，加以分類，並且談一談怎樣的女性，才能蒙受君王的寵幸。

一般所謂的美女，都是從眾多的女性中，千挑萬選出來的佳麗，這是不待贅言的事實。而關於此點，中國自古就有非常高的評選條件。

現在的中國人口有二十三億左右，佔世界人口的四分之一，換言之，在地球活動的人類當中，四個人裡就有一位中國人。

這種情形在古代也一樣。

有關中國歷代人口的總數，從統計數字顯示，在紀元元年前後，大概有五千萬人，其後因戰亂的關係而有所增減。

至於南宋時期，人口已有七千三百萬。

而後到清代，更高達二億八千萬人之眾。亦即二千年前的古代中國，已有相當於目前泰國和菲律賓二國人口的總數，而其中女性又占半數之多。

美女狩獵奇談

古代的專制皇帝，從如此龐大的數目中去挑選美女，而他們究竟是用什麼方法，挑選群芳譜中的絕代佳人呢？

如何狩獵美女的確是個難題，但是，使用這辦法最為徹底的，便是下文要提的西晉武帝。

就好像用羅網圍捕獸群——一網打盡一般。西晉武帝他下令全國不准婚嫁，這雖不合情理，卻是狩獵美女的最高手段。

但是，這看似高明的方法，不料卻得到反效果——當命令公布後，立刻引起全國育有女兒的父母們一陣大恐慌，有的在她們花容上刺青，有的弄得一頭散髮遮掩玉貌，甚至偷偷送給男方，也不敢公開舉行婚宴，而上上之策，便是溜之大

吉，隱避到深山林內去。一時，天下美女盡失——宛如乘地下鐵停電時，到處一片漆黑的景象。

還有其他更有趣的記事，但是為本文敘述的程序，不得不就此打住。

首先介紹三種典型美女中的第一個類別，好讓讀者對美女的概念有所認識。接著再說明其間的選拔方式，最後詳述其他種典型，並做一些額外的補充。

美妃三典型

如果以後宮嬪妃中，所挑選出的美女，作為主要的評定標準，那麼，中國的美人大概可區分為三種典型。

第一種典型是柳腰纖細，嬌柔無力，似乎禁不得風吹雨打的纖弱美女。

第二種典型是曲眉豐頰，濃艷豐肌，唇丹麗艷、骨弱膚潤的性感型美女。

第三種典型是中國專制帝王們，個人獨特的偏好——喜歡御幸醜婦。把醜女列入美女譜中，在理論上實在是相互矛盾，但是，皇帝們既然視如美女，也就姑且從之。

醜女們暫且不論，等下一章節再來說吧！中國人稱纖弱型美人，如同帶雨梨花，視為天生麗質的「天才」美人。而豐滿性感的美女，就有如桃李映朝霞，一笑百媚生的妖艷型佳人。

這描述對年輕人而言，稍嫌抽象玄妙些，或許比較難以打動他們的心弦。在單口相聲的曲藝中也常出現「沉魚落雁」「閉月羞花」的詞句。這是根據莊子齊物論：「毛嬙、麗姬，人之所美也。魚見之深入，鳥見之高飛，麋鹿見之決驟。」的說法轉用而來的。

至於第二類型的曲眉豐頰美人，實際上，在外國也是一種很被看好的類型。可了解的是，中國皇帝們，不單是以容貌的姣好與否論等，而是以整體為鑑定標準。

如飄逸靈秀、性感冶艷、醜陋的缺陷美等等，一概照單全收，最主要即在追求每個人所獨具的美。這和目前世界選美大會競賽的評審標準，實有相通之處。

那麼，我們就來談一談平常較為人熟知的幾位中國古典美人當中，屬於第一典型的美人及其簡歷。

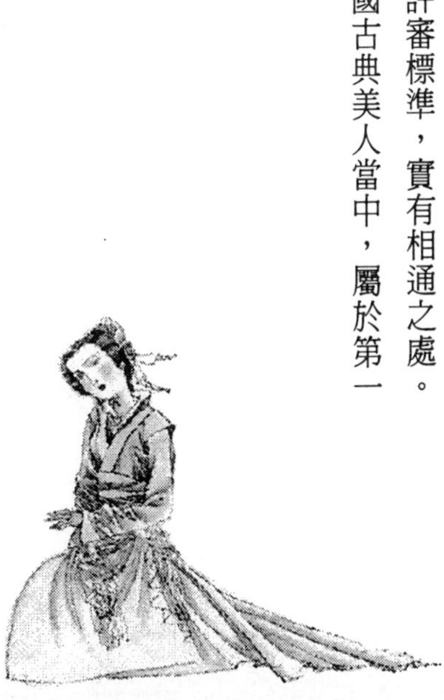

鳳鳴、楚舞、傾國、翻花之美

•弄玉

在紀元前四百年以前的春秋時代，五霸之一的秦穆公生了個秀逸又有才華的女兒，她就是弄玉。弄玉擅吹簫，又能作鳳鳴，常常引來鳳隻棲息。

雖然弄玉才藝超群，艷絕群芳，穆公反要為她的婚事擔心了！

有一天，穆公從臣下的口中聽到國內有個貧士，名叫蕭史的青年才俊，不僅瀟灑倜儻，更善於吹笙，龍心大悅，立刻派人駕著鑲金飾銀的馬車，將他迎到宮中。

蕭史確實是個罕見的優秀青年，因此，穆公便把弄玉許配給他。

婚後，他們夫婦兩人，常常笙蕭合奏，過著只羨鴛鴦不羨仙的美滿生活。

有一回，當他們兩人又一起合奏高吭時，天空突然顯現繽紛的雲彩，竟然降下一對耀人眼目的鸞鳳！蕭史和弄玉便各駕其一，飛昇上天了。

於是秦人為了紀念弄玉，便在宮中建造一座鳳女祠。

●戚夫人

這是漢朝開創者，漢高祖劉邦的寵妃。高祖雖得天下，但仍未太平，時有戰禍，高祖也只得南征北討，此時戚夫人便常親隨劉邦同赴戰場。

她生得楚楚動人，且又為劉邦生下活潑的小男孩——趙王如意。反觀呂后，在色衰愛弛之下，只有留守長安獨守空閨。

能幫高祖打天下的呂后，可想而知，不是那麼好欺負的女人！這筆帳她記住了。更有甚於此的是，戚夫人恃寵，常哭著要高祖廢太子而改立如意。高祖本就不愛軟弱的惠帝，於是便有意無意透露出這種口氣。

呂后為此更是心慌不已，急命他們呂家的人劫持張良來謀策，張良告訴她，除非請得動「商山四皓」，否則將無法挽回。

所謂「商山四皓」是四個老人，因他們隱居在商山，而鬚髮皆白是以得名。這四個人是劉邦久仰的賢人，但因四人不恥劉邦的慢侮讀書人，所以逃匿山中不為漢臣。

而張子房的用意，就是要高祖明白他認為軟弱的太子，竟比他還高明，能請得動「四皓」，這表示太子很得人心。

有一次，宮中大宴，四人伴於太子之側，高祖大驚。會後，指著他們，告訴戚夫人說：「我本要廢太子，可是如今氣候已成，再不能動搖了！」

夫人泣下漣漣，帝開口道：「為我楚舞，我為你楚歌！」一顆帶雨含淚的明珠，便在大殿中款款舞起，皇帝便歌曰：「鴻鵠高飛一舉千里，羽翼已就，橫絕四海。橫絕四海，又可何奈！雖有贈激，尚安所施！」兩人歌舞數遍，相擁大哭——戚夫人已自覺厄運將到了。

果然劉邦死後，呂后就下令殺戚夫人母子。

呂后是謀計殺首要功臣韓信的人物，對於戚夫人的報復手腕，當然是淒慘毒辣的。

首先將戚夫人投入獄中，使囚人們侮辱她，並剃掉她的秀髮，穿上囚服，舂擣穀粟——這豈是一個平日養尊處優的佳人所禁得起，她又怨又傷，便作歌曰：

「子為王，母為虜，終日舂薄暮，常與死為伍，相離三千里，當使誰告汝。」

原來如意遠在趙國，尚不知他娘受盡屈辱呢！

這首歌傳到呂后的耳裡，想想後患不除，終非良策。因此，強硬的把趙王調返京師（本來高祖的遺命是要趙王永守趙地的），然後再派人拿鴆酒毒死如意。

這下子後患已除，便開始殘酷地對待戚姬了。

呂后先以毒藥強灌威姬，使她口爛舌焦，而瘖啞不能言語，更將她燻耳、挖眼、剁斷手足，最後還把她那殘廢不堪的軀體，拋入糞坑中，載沉載浮，稱之為「人彘」。戚夫人就這樣了結她的一生。

唉呀！這實在是使女性聽了都要暈倒的慘事，又那是「紅顏薄命」就可解釋得了。

●李夫人

即是漢武帝的夫人。武帝曾遣張騫通使西域，而闢立西域孔道——絲路，武帝便以絲路的開拓者而聲名大噪，算是蜚聲國際的知名人物。

在情色這條道路上，他也不落人後，特別寵愛的便是這位李夫人。但是，李夫人纖弱的身子骨因抵不住風寒，極早就逝世了。

「傾國傾城」這句話的典故，就是出自於善舞的李夫人。我們現在就來說說這個典故。

「漢武帝有個歌者名叫李延年，是中山人（河北定縣），有一次，武帝命他唱歌，他唱道：

「北方有佳人，
絕世而獨立。
一顧傾人城，
再顧傾人國。
寧不知傾城與傾國，
佳人難再得！」

武帝大有所感，自言道：「世上真有這樣的佳人？」武帝的姐姐平陽公主正在旁邊，便應道：「李延年是在歌詠他的妹妹呀！」

於是李夫人就被召入宮中了。

武帝常令她處於絲綢帳帷中，而以自身遠遠地觀賞為樂。李夫人個性本較內向，雖「艷若桃李」卻「冷若冰霜」。當她產下一子（即昌邑王賀）後，就生了一場大病，御醫也醫不好，頓使花顏憔悴，容色大減。加上進宮後，哥哥常在宮裡惹事生非，也因此招引閒話一大堆，而常為此鬱鬱寡歡。

武帝聽到這個嚴重的消息，立刻趕來探望。不想李夫人蒙著被說：「我生了這病，形貌已毀，不堪再見君王，只願我王惜念往日的恩情，多照拂賀兒，與我

的外家。」

武帝道：「你既然有求於我，又怎可以不當著我的面請託呢？快把被子拿開吧！」

夫人感傷地應道：「形貌已毀，不可以見帝尊。」

帝又說：「見我一面將賜千金，且封你兄弟為高官。」

夫人道：「加爵厚賜，權操我王之手，不在一見。」於是把被蒙的更緊，轉而哀泣。

武帝從未碰過釘子，大覺不是味道，乃拂袖而去。人問夫人為何那麼絕情，夫人道：

「我以美色見寵，古來色衰則愛弛，愛弛必恩絕，你們怎知我黃連苦心！」

結果李夫人就這樣一病不起。

李夫人死後，武帝不能忘懷，感傷愛妾早逝，仍命畫匠繪其形於甘泉宮，以思念生前種種樂事。

又聽說方士少翁能招魂，便延進宮中，少翁於深夜，張燈設帳，並命武帝只能遠觀，不能近瞧。

武帝但見一形似夫人的女子在帳子又走又坐，更引發他相思戀慕的愛意，而作詩說：

「是邪？非邪？
立而望之，偏何姍姍其來遲。」

便命樂府絃歌唱頌。此外更親自作賦，悼念李夫人。看來武帝也是個多情種啊！

●麗　娟

她也是武帝疼愛的妃子，年方十四，即獲幸寵。

據說麗娟軀體肌膚，極其柔嫩，武帝甚至替她擔心衣裳的束縛，會割傷她的玉體。又傳說武帝怕塵垢沾污她的身體，於是將她安置於絲綢的紺帳內。但他又恐風一吹，將紺帳掀起，故把紺帳邊角縛住，更用層層的絲緞將她包圍住，這實在是大費周章。

麗娟是位歌藝的名手，是前述李夫人之兄，李延年所組歌舞團（因被武帝命為協律都尉，等於歌舞團團長）的名角，常與延年唱和歌舞，以悅武帝耳目。

據說，當她在芝生殿，唱起迴風曲時，連庭中的花朵都為之翻落，鬥志高昂

的武帝，卻喜愛纖弱型的歌手與舞蹈家，莫非真是陰陽相調。

昭君出塞、飛燕專權、婕妤見棄

•王昭君

是史家所載「豐容靚飾，光明漢宮」的麗人，然而卻是一位悲劇型的美人。

悲劇的形成，歸因於：

後宮裏有著千以萬計的宮女，而皇帝再怎麼能幹也不可能一一記住，於是就命工匠圖畫宮女臉譜，再按圖選出美女為妃嬪。

因此，能否列入畫冊的美人榜裏，關係著宮女的命運。

這麼一來，常常就有賄賂畫匠精心作畫的情形。

但是，王昭君卻自恃其貌，而不賄賂，因此，被畫工毛延壽畫成了醜女。

當時，匈奴雖經武帝連連出塞加以征伐，致元氣稍損，但也不是好惹的，故漢朝對匈奴還是採取和親納幣的和平籠絡手段。因此，當匈奴王呼韓邪單于要求與漢朝公主通婚時，元帝就從畫冊中，挑選醜女王昭君。

等到款宴時，一見王昭君的真實面目，竟被那絕世的美貌震住，愕然不知所以，但已經來不及了。

看著歡歡喜喜的呼韓邪單于，帶著她回去，元帝後來就誅殺毛延壽以抵罪。

王昭君在呼韓邪單于死後，又成為他兒子的妻子，這是他們匈奴人的習俗，凡單于死後，所有財產，都由繼承人接收，包括單于生前妻妾在內，除自己生母之外，全成了自己的妻子。

此時的昭君著實很為難，依中國禮俗是「良馬不服二鞍，烈女不適二夫」，所以她投書詢問漢室，卻答以「入境隨俗」，只得又做復株累若鞮的妻子，最後竟死於匈奴境內。

詩聖杜甫在詠懷古跡五首之一，曾詠懷昭君說：

「群山萬壑赴荊門，生長明妃尚有村。

一去紫台建朔漠，獨留青塚向黃昏。

畫圖省識春風面，環佩空歸月夜魂。

千載琵琶作胡語，分明怨恨曲中論。

就是一些宋朝的大家，如歐陽譏評元帝：

「絕色天下無，一失難再得。
雖能殺畫工，於事竟何益？
耳目所及尚如此，萬里安能制夷狄！」

蘇東坡也詠道：

「昭君本楚人，艷色照江水。
楚人不敢娶，謂是漢家妃。
誰知去鄉國，萬里為胡鬼！
人言生女作門楣，昭君當時憂色衰。
古來人事盡如此，反覆縱橫安可知！」

連王安石也不免大罵元帝：

「歸來卻怪丹青手，入眼平生未曾有。
意態由來畫不成，當時枉殺毛延壽。」

總之，這段哀怨的故事，成了後代謳歌、賦詩、戲曲的好材料。

●趙飛燕

前面已經提及，她是纖弱型中，最有名的中國美人。

雖然在下一章節，會專題討論她的秘史，但為聊備一格，仍略為說明。她是漢成帝的皇后，與其妹合德同受寵於成帝。

她的特徵是——柔美輕捷，蓮步盈俏，就如同杜牧詩所說的「楚腰纖細掌中輕」，更猶如「花枝頻顫微風中」一般，是個相當窈窕標緻的美人。

傳說成帝與飛燕於宮中太液池中泛舟遨遊之時，風一吹來，似乎即要隨風飄去一般，成帝趕忙令臣下們拉緊飛燕的衣裙。

真想能親眼看看這樣一位美人啊！只是飛燕恃寵而驕，獨攬大權謀殺皇子，十足是個「蛇蠍美人」，可也真叫人不寒而慄！

●班婕妤

同是漢成帝的妃子。她先於趙飛燕蒙成帝幸寵，封為「婕妤」，後人多稱她為班婕妤，故而芳名不能詳考。她曾生一男，不久卻死了。

婕妤富有才華，又很賢良，所以，也頗受成帝的尊敬。

有一次成帝遊於後宮，要婕妤同車共載，婕妤辭道：

「觀古圖畫，賢聖之君，皆有名臣在側。三代末主，乃有嬖女，今欲同輦，得無近似之事！」果然不久，西漢就被這種皇帝逐漸亡掉了。

當飛燕得寵後，班婕妤就退而服侍太后，這也是有一段緣由的：

在成帝鴻嘉三年，趙飛燕嫉妒許皇后和班婕妤的權力與文才，便讒言兩人有媚術，並詛咒後宮，咒罵皇上。

成帝被美色沖昏了頭，不僅廢掉許皇后，且拷問婕妤，婕妤莊嚴無畏的說：

「妾聞死生有命，富貴在天，修正尚未蒙福，為邪欲以何望？使鬼神有知，不受下臣之訴；其無知，訴之何益，故不為也！」

成帝大為感動，而心生憐憫，不僅饒恕她，並賜金百斤。

婕妤自忖後宮非久居之地，才求奉養太后於長信宮，脫離這是非圈。

有一首唐詩便是描寫婕妤獨居長信宮的心境，詩題為「長信秋詞」云：

「奉帚平明金殿開，且將團扇共徘徊。

玉顏不及寒鴉色，猶帶昭陽日影來。」

或許讀者們會問：「如此賢淑的麗人卻鬱鬱不得志，可有什麼寄託？」

有的，婕妤失寵後，常作悲痛的詩句，以表達心靈的孤寂，並且也作賦，以自傷悼，如：

「奉供養於東宮兮，託長信之末流。

恭洒掃於帷幄兮，永終死以為期。
願歸骨於山足兮，依松柏之餘體。」

頗能引起後人的同情。

特殊興味的綠珠與潘妃

●綠　珠

這是中國晉代公卿的奢華史，最具代表性人物——石崇（二四九～三〇〇）的愛妾。

綠珠本姓梁，是廣西博白人，那兒與廣東合浦一樣，以產珠出名，而這些採珠人，也稱美麗的女人為「珠」，綠珠的得名由此而來。

綠珠可說是晉代最負盛名的女子，是石崇作交際採訪使時，經過廣西而發掘到她，大禁大嘆以前享用的女子，不過是燕礫粗石罷了，於是用珍珠三斛，聘她而去。

綠珠不但生得美艷，在生活上也是極其奢侈逸豫，享樂之高級，無以倫比的

女人。

至於石崇，是《三國演義》裡頭與孔明相爭的司馬懿之孫——司馬炎（晉武帝）的重臣。身兼荊州刺史與鷹揚將軍二職。常利用其地位，收賄斂財，貪縱不法，以謀鉅利。

並在洛陽郊外，營造大邸園，因此地人號金谷，故名之曰「金谷園」。

晉人常愛以奢侈相誇，而晉室貴族公卿的財富總不及他多，其至連宮中的寶物也不及他的精良，有一說是，他的財富是在他荊州刺史任內，經常劫掠遠使客商而得來的。所以能擁有姬妾百餘人，僮僕八百多個。

有一位身任將軍的外戚，名叫王愷，是武帝的舅子，不甘示弱，故意做紫絲步幛四十里，請石崇駕臨，石崇瞧也不瞧，馬上領王愷回到金谷園來看他五十里的錦步幛。

王愷見鬥不過，就想到跟姐姐去借宮中的寶物——一座高三尺八寸的大珊瑚樹，姐姐也不願弟弟輸了沒面子，不曾啟奏就借給他。

王愷於是特地用蜀錦做罩子，送往金谷園，準備嚇嚇石崇，不意石崇一杖就打碎了它，並帶著王愷到後園庫房看——總共大小三十餘株，也有長至七、八尺

的，王愷只好挑一株理賠的珊瑚樹，摸著鼻子回去。

由這事，就可見他那浪費的情形，已超出常軌。

又當他設宴款客的時候，常命美人在側酌酒取樂，若客人中，有誰沒有喝盡那盃酒，就說是對來客招待不周，即推出斬殺。

有一回，王丞相與王愷將軍前來赴宴，王丞相雖然已經飲不下了，仍強自勉為其難地飲了酒，但是王將軍卻故意不喝，跟石崇鬥氣，三名美女為此而被殺，而他顏色如故，還是不肯喝。

丞相看不過去，責問他時，他滿不在乎地回答說：「這傢伙亂殺家中妻妾，你又不是不知道！」

另外，石崇屋內的廁所裏，常有數十位盛裝的婢女在那裏服侍，並置香料，且徹夜燃燒巨燭，更備有衣物，讓出入的客人們更換，但是一些客人們，卻反而羞恥得不敢上廁所。

然而，只有這位王大將軍對於更換衣物，神色傲然，毫不知羞。

婢女們見此，常互相傳言道：「此客必能作賊！」果然，石崇的死因，正導源於王愷的嫉妒，和另一位欲奪綠珠為己有的孫秀所謀害。

恣意斬殺那些無辜的美人侍者，實在是件難以令人忍受的事，而如此鋪張的手筆，也真是世上鮮有的趣事。

既是這號人物所挑選，綠珠不是尋常的一般美人自不在話下。

且說綠珠不僅身材阿娜，長於舞蹈，並也善於吹笛，增加宴會的氣氛，所以石崇也全心全意寵愛著她一人。然而好景不長，挾著趙王司馬倫餘威的孫秀，是趙王的親信，要脅石崇把綠珠讓給他。

石崇卻是寧死也不從，果然趙王派遣大軍圍困金谷園，此時的石崇仍鎮靜悠閑的教綠珠，他新製的「王明君曲」。等衛兵衝上門來，綠珠指著孫秀的面，大聲痛斥，遂即跳樓而亡。

而石崇也因平日恃富而驕，得罪太多人了，終也被帶上刑場，只留下杜牧金谷園詩：

「繁華煙散逐香塵，流水無情草自春。
日暮東風怨啼鳥，落花猶似墜樓人。」

供人吟誦憑弔！

•潘　妃

即前所述南齊的廢帝——東昏侯寶卷的愛妃。

東昏侯雖然常嬉戲於滿足裸體美人的宮垣內，但對於這位潘妃，一點也不敢造次。我們只要讀南齊書，便知道這個莫明奇妙的天子，一切情慾設施，全以潘妃的愛憎為轉移，真是笑話頻傳。

潘妃小字玉兒，又叫玉奴，由於肌膚賽雪，光亮如脂故以為名，恐怕也真因為她太美，東昏侯才拜倒在她石榴裙下，且漸由愛生敬，由敬而畏了，怕老婆的皇帝，當推東昏侯為首。

當他以帝王之尊出巡時，卻讓潘妃乘輿甚或臥睡，他反倒騎車隨侍在側，真是寵敬的無以復加。

又為博取她的歡心，在大火之後，特命工匠建造神仙、永壽、玉壽三殿，極其奢華浪費。

又曾鑿地製造金蓮花，使潘妃凌波微步其中，織襪惹起香塵，東昏侯大叫：「此步步生蓮華也！」而命眾人喝采稱妙。

東昏侯若有一點疏忽，潘妃即以杖棍「侍侯」他，他卻反而高興。

從這些事蹟看來，東昏侯似乎有性錯亂的心理變態。據史書記載，他「有膂力，能擔白虎幢」，又好騎馬打獵、擊球、射箭、出遊漫步，並「自製雜色錦伎衣，綴以金花玉鏡眾寶，逞諸意態。」」

真可謂集「太保」之習於一身的皇帝，而此或正投潘妃的胃口。

當齊亡於南梁的武帝時，潘妃被賜與一位叫田安啟的有功大將。她不從，自縊而死。難得有以死殉情的貞操，算是一位以悲劇結束其一生的美人。

女性永恆的拉鋸戰代表——楊、梅的抗衡

•梅　妃

終於要談到唐玄宗的事蹟了。

玄宗的愛妃裏頭，豐滿型的代表楊貴妃與嬌弱型的代表梅妃，同是美人榜上嶄露頭角的人物。

玄宗搜羅美女的眼光能各取其長，可說是出類拔萃的人物。

梅妃長於福建，婉麗能文。不但生得秀美又善作詩文，故而有「閨秀歌人」

的雅號。

據說，她是於開元初，由楊貴妃的寵臣高力士（這時楊貴妃尚未進宮，高力士沒來得及捧她），從相當於現在的福建，接近閩越的東南海濱，帶入宮中的，當時年方十五而已。

她比楊貴妃先得寵於玄宗，總算還有段幸福的回憶。當玄宗一眼見到她就非常中意，原因是福建的女子，有其地域性的特徵。

那就是額頭寬廣，兩顴稍聳，兩頰微陷，深眼隆鼻，皮膚柔嫩雪白，跟中原的女子類型是不一樣的。

看慣中原女子的容貌，自然對梅妃為之神魂顛倒。

梅妃姓江，名采蘋，莆田人，年九歲時即能誦詩經「二南」，並跟父親說：「我雖女子，期以此為志。」也就是說要學周南、召南裡頭的修身、齊家等禮儀。

還有一說，認為梅妃是長樂景梅花村人，而梅花村向來號稱「美人鄉」，跟湖南益陽縣的桃花江一樣，皆因盛產美女而有名，有首歌謠不就說：「桃花江是美人窩」嗎？

梅妃自入宮後，仍淡妝常服，但姿態明秀，所以在長安大內、大明、興慶三

宮，以及東都大內，上陽兩宮，幾近四萬人中脫穎而出，獨得玄宗幸寵，而宮中人也自歎不如。

又因為她性喜梅花，明皇也就特地在她所居欄檻，遍植梅花，構成一座「梅亭」。因之稱她為梅妃。

但是楊貴妃進宮後，因她是個美麗善妒的女子，而且又充滿狡黠的機智，玄宗有感於貴妃強烈的醋意下，遂將梅妃遷移至上陽宮，而裝著疏遠她。

但是，偶爾也如人的喜好一樣，嘗過油膩的豬排，也想換一換口味，吃點清淡的茶品。

於是，當玄宗悄悄地與梅妃在翠華西閣幽會的時候，卻也被楊貴妃當場捉到。

這種進退兩難的局面就這樣頻頻發生，感情上不斷波折傷害到梅妃的心靈。

受打擊的梅妃，想起當初帶她入宮的高力士。於是，也想效法漢武帝的陳皇后阿嬌，以千金贈予司馬相如，請他代賦長門賦一般。

梅妃也請高力士替她挑選個做賦的能手，以便挽回上意。此時的高力士，已經倒向楊貴妃這邊了，所以便草率的報以「沒有這種高手」，在沒有辦法的情況下，梅妃只好將她那鬱鬱寡歡的情懷，訴諸於自作的「樓東賦」，我們在此刻意

要截取一段，來讓讀者共同為她起不平之鳴：

「溫泉不到，憶拾翠之舊遊，長門深閉，嗟青鸞之信修。憶昔太液情波，水光蕩浮，笙歌賞丞，陪從宸旒，奏舞鸞之妙曲，乘畫鷁之仙舟。君情繾綣，深敘綢繆。誓山海而常在，似日月而無休。奈何嫉色庸庸，妒氣沖沖，奪我之愛幸，斥我乎幽宮。思舊歡之莫得，想夢著乎朦朧……。」

曾有一次，玄宗在花萼樓將東夷獻來的珍珠，暗中派使者送一斛與梅妃，聊表其思慕愧謝之情，但是梅妃不受，而託於詩句以婉拒上意，詩言：

「柳葉雙眉久不描，殘妝和淚濕紅綃。
長門自是無梳洗，何必珍珠慰寂寥。」

當玄宗收到使者獻上的詩時，自覺負疚太深，立刻命樂府官署為此詩譜成樂曲，號為「一斛珠」，這就是曲名起源的典故。

玄宗在中國音樂史上，不但是位戲劇的佼佼者，常喜愛粉墨登場玩玩票，也是樂團的指揮和詞曲名家本身又能吹一手好簫，實是位難得可貴的天才皇帝。但在此先不論述。

且說，安祿山叛亂時，玄宗出奔，誠如白居易長恨歌所說：

「九重城闕煙塵生，千乘萬騎西南行。
翠華搖搖行復止，西出都門百餘里。」

而來到了

「峨眉山下少人行，蜀江水碧蜀山青。」

的西南地區。

但梅妃卻沒來得及跟上，以致死於兵荒馬亂中。等玄宗「天旋地轉迴龍馭」時，再也見不到她了，就連屍骨也尋不著，玄宗既已失去楊貴妃（被三軍所迫，自縊而死），如今又見不著他所心儀的「梅精」（在貴妃未進宮前，玄宗常與梅妃做智力遊戲，自己總不如她，便又愛又憐地笑稱她為「梅精」。後來楊貴妃進宮，與梅妃爭寵抗衡，也罵她為「梅精」，一是愛謔，一是恨妒，也算是一詞二解）大為傷痛。

不久，有宦官畫梅妃的形貌，呈給玄宗，貌雖肖似，卻少了一份神采，玄宗見畫，更增悲情，遂題詩於上：

「憶昔嬌妃在紫宸，鉛華不卸得天真。
霜綃雖似當時態，爭奈嬌波不顧人。」

網漏吞舟之魚——民間的傳奇

接著，我們且看民間的兒女之情，所要講的是唐代的崔鶯鶯和霍小玉。一個是高門大宅的千金小姐，卻遇人不淑。一位是煙花名妓，雖然抱持貞一之情，卻遭人始亂終棄。

或許讀者們要問：前面所述的綠珠與現在要說的崔、霍兩人均非後宮佳麗，綠珠是晉一代佳麗且與王侯還牽得上關係。這且罷了，怎麼如今又講起跟後宮毫不相干的女子來？

其實這不是沒有理由的，也因此本章節才要說這名女子是漏網的大魚。

按理說，美麗的女子在後宮找就夠了，可是多少後宮佳麗，竟然比不上這兩個女子的名氣，歷來多少文人賦詩與戲劇的表演，也都留意到她們，幾乎每個中國人都大略知道——崔鶯鶯、霍小玉，兩個古代的大美人。

更河況她們也都有資格備列後宮，只是帝王的羅網稍疏了些，把這二個天香國色漏掉了。

所以，您說該不該聊備一格呢？

●崔鶯鶯

唐代的女子，巧於詩文，是長安市中所有文學青年思慕的偶像。

著聞後世的元和派詩人元稹（字微之），曾寫一篇傳奇名曰「會真記」，就是敘述崔鶯鶯與張生的故事，而事實上，張生就是元稹本人。

文中的故事，其實是真人真事一點也沒有虛構。

且說鶯鶯因父喪，隨母歸於長安，止於蒲東普救寺，不幸竟遇到亂軍大掠蒲地。

崔家財產多，奴僕極眾，正是被劫掠的目標，所以，人人惶駭不知所措。時有張生（名珙，字君瑞）寓身普救寺，跟蒲地將領有交情，特命官吏保護之，才能安然無恙。

崔家在感激之餘，特地大張筵席，請張生蒞臨，並要鶯鶯作陪。

當鶯鶯出堂——「垂鬟接黛，雙臉銷紅，顏色艷異，光輝動人，凝睇怨絕，若不勝其體。」張生自然是一見鍾情，遂使個迂迴戰術——示好於鶯鶯的愛婢紅娘，請她代轉愛意。

紅娘便教他一個良策，託情詩以亂鶯鶯芳心。張生大喜，立寫「春詞」二首予紅娘。當晚紅娘拿著鶯鶯題為「明月三五夜」的詩箋回報，詩云：

「待月西廂下，迎風戶半開。
拂牆花影動，凝是玉人來。」

原是要張生與她隔日月下相會的意思。張生大喜之餘，便整裝待發。是夜翻牆來到西廂，心想：「這下子成功了！」不料當鶯鶯來時——端服嚴容，令人不敬而畏。且大大的數落張生說：

「誠欲寢其詞，則保人之姦，不義；明之於母，則背人之惠，不祥；將寄於婢僕，又懼不得發其真誠，是用託短章，願自陳啟。猶懼兄之見難，是用鄙靡之詞，以求其必至。非禮之動，能不愧心？特願以禮自持，母及於亂！」

言畢翩然而逝，留下呆若木雞的張生。張生自此大感絕望，卻因戀慕之深，因而茶不思、飯不食，竟得了相思病。

一日病得奄奄一息，忽然有人來到——竟是嬌羞融洽，力不勝體的大美人來了！

是時斜月晶瑩，幽輝半床。張生飄飄然，凝是神仙客，更非人世徒。

待東方天明，紅娘催擁著鶯鶯走了。

不久張生赴考，並屢得鶯鶯情書勉勵。然而張生另有高攀，再也不想她了，並言：

「大凡天之所命尤物也，不妖其身，必妖於人。使崔氏子遇合富貴，乘寵嬌，不為雲，為雨，則為蛟，為螭，吾不知其變化矣！」

可憐的鶯鶯，容色憔悴，不久也委身他人了，她的情話讀本很令人感傷，且將它抄錄於下：

「自從消瘦減容光，萬轉千迴懶下床。不為旁人羞不起，為郎憔悴卻羞郎！」

「棄置今何道，當時且自親！還將舊時意，憐取眼前人！」

中國人對於這種悲劇的收場，實在很不滿意，所以陸續又有宋代趙令時寫「商調蝶戀花」鼓子詞，宋代佚名作家寫「鶯鶯六么」官本雜劇，金代董解元的「西廂記」諸宮調，以及王實甫的「西廂記」雜劇，愈寫也愈精采細緻，最後二人也不再是以悲劇收場，而是有情人終成眷屬，免得太傷人心。

我們現在就舉王實甫的文辭，看看張君瑞患單相思如何自慰娛情，以及張、崔二人幽會的描寫——冶艷而含蓄極富文學意味，仍有待讀者自己去推敲文意，

我們就不明講了。

「她是箇嬌滴滴美玉無瑕，粉臉生春，雲鬢堆鴉……只你那夾被兒時當奮發，指頭兒告了消乏！」

「繡鞋兒剛半拆，柳腰兒勾一搦，羞答答不肯把頭抬，只將鴛枕捱。雲鬢彷佛墜金釵，偏宜鬏髻兒歪。」

「我將這鈕釦兒鬆，把縷帶兒解；蘭麝散幽齋。不良會把人禁害，咍！怎不肯回過臉兒來？」

「我這裡軟玉溫香抱滿懷。呀！恰似阮肇到天台，春至人間花弄色，將柳腰款擺，花心輕拆，露滴牡丹開。」

「但蘸著些而麻上來！魚水得和諧，嫩蕊嬌香蝶恣採。半推半就，又驚又愛，檀口搵香腮。」

「春羅元瑩白，早見紅香點嫩色。燈下偷睛覷，胸前著肉揣，暢奇哉！渾身通泰，不知春從何處來！」

•霍小玉

是唐大曆年間的名妓，通曉詩書，善於音律，生得真是絕世的美人，猶如瓊

林玉樹，互相照耀，巧笑顧盼，精彩射人。

她對隴西進士李益的詩文極傾心，而後兩人立下山盟海誓。

當小玉陪侍李益的當晚：低幃暱枕，態有餘妍，羅衣輕解，極盡交歡。

不意夜半中宵，小玉忽然流涕看著李益，無限淒楚的說：

「我一個娼家女子，自知不是匹配對象。如今以貌美色麗，幸得君側，他日如果色衰貌減，君心他移，我正如秋扇見棄啊！如今我們雖是極其歡愛，然一念及此，怎不令人傷感！」

李益聞言而緊抱小玉，發誓著說：「縱使粉身碎骨，也絕不會相棄，你又怎能說出這種感傷的話？好吧！你拿紙筆來，且讓我們訂下山盟海誓。」

小玉也因而轉泣為笑。

隔年春天四月，李益將離開赴任，小玉忍著淚對他說：「君從此一去，必有高門大戶與你聯婚，可是你現在也才二十二歲，再有八年才三十歲，此時才是男人心智最成熟，娶妻最適宜的年齡，所以，我希望在這八年內陪侍著你，也不爭求名位，只為奉獻我一片真心，等你三十歲納娶正室時，我也將謝棄人事，託身佛門，你能答應我的請託嗎？」

李益道：「傻小玉！你還記得我們昔日訂下的誓言嗎？我豈是個負心的人？你放心好了。如今四月授官，我想到八月，諸事皆已熟悉，起居也較安定，那時再派人來接你，小別不是勝新婚嗎？快擦乾眼淚吧！」

然而，李益卻背棄她。這一去，就承母親之意，與表妹盧氏結婚，再也沒想到有人正癡癡地等著他。

且說小玉見八月已過，心愛的人竟然音信兩空，真是憂心如焚，四處託人打聽，並求巫師卜卦問詢。結果被騙一空，只好命婢女拿玉釵去典當過活。終於一個熟識的人來訪小玉了，那就是李益的表弟崔明允。當崔明允告知小玉真相後，癡情的小玉，日夜大哭，以致冤憤悲痛，吐血而亡。

這是青樓名妓與文士官吏間的悲慘愛情故事代表。

以上對於中國古代嬌弱型美人，大致已作一番敘述。

與後述的豐滿型美女相較，更具有閨秀碧玉的氣質，頗能激起人們借詩寓情之意。

第三章 濃艷豐肌與醜女賢婦

如果依照本文的敘述法來討論，接著，應該談到豐滿型，醜女系美人等等。

但在上一章裏，我們已說過所準備敘述的方式，目的是使讀者們，能了解得更廣泛。因此，想再約略地談一談有關後宮裏，眾多美人的網羅方法。

在中國古代，皇帝視女子為財產的一部分，這是史學家們一致公認的看法，並也已提出有力的見解。

因此，帝王們一旦掌握政權以後，對這分財產所下的功夫，也和收集其它財寶一樣，想盡無數的方法。

而歷代的王朝，其方法倒也是各有千秋。

美女調查團

依照漢代的制度，總在八月實行戶口調查，同時由掖庭（後宮裏的官吏們）組成民間美女調查團，進行美女搜查活動。

首先的對象是洛陽城內外，沒有作姦犯科，身世清白的良家婦女們，年齡從十三歲起，最多到二十歲為止。

這些女子們，如果外在的容貌與內賦的氣質，足以擔當嬪妃必須具備的一定標準，即立刻送入宮中，實行處女檢查。

即使是地位卑微，而且又窮困的家庭所出生的姑娘，只要美麗，便有被選入宮的可能。因此，在漢朝的嬪妃中，有不少是窮困出生。

而且這些貧家女，倒也很爭氣，往往會是母儀天下的皇后，如文帝生母薄太后；景帝生母竇太后。

就是前述絲路的開拓者——武帝的生母王太后，與武帝的衛皇后，以及成帝的寵后趙飛燕，都是如此情形。

這些人或母以子貴，或因色藝冠絕，總之都是一躍龍門，身價百倍。

不過，東漢末年，這種選拔活動竟用形同掠奪的手段獲得，這可以說是帝王時代的一種霸權。

多得無法區別

然而，如此浩浩蕩蕩，人費周章而被挑選入宮的美女們，並不見得全都能獲

得皇帝的幸寵。

其中，有的被賜與宗族諸王，或重要大臣，如漢代高祖的呂后，即賜姬妾與劉氏諸侯王。

呂后何以要將高祖的妻妾賜給諸王呢？我們且來說說這緣由。

話說高祖駕崩，惠帝即位，惠帝雖是有仁心的皇帝，卻稍嫌軟弱，不得不聽命令強悍的母后呂雉，所以，呂后可說一手獨攬天下重權。

由於在高祖生前，呂后即不見寵，我們在前文也說過他心愛的人是戚姬。因此，呂后對這些曾被寵幸御臨過的妃妾，滿懷怨恨之情，於是將他們一一殺害。

至於不受寵的後宮佳麗，也就放一馬，發配給諸侯王們。

倒是文帝的生母薄太后很幸運，跟高祖只交歡一次，竟生了一個男孩，而以後的八年中，幾乎很少碰到高祖的面，除非是在宮中的大宴上，所以呂后就發放她跟著兒子到代地去了。

或許讀者要懷疑，呂后怎知道那麼清楚？嘿！君不聞中國的諺語說：「女無美惡，入宮見嫉。」看似困難，其實倒很簡單。

至於後代唐、宋、元、明也是如此。

二方爭戰時，攫取的敵方妻妾、美女，均視若戰利品，帶入後宮。賜與臣下們也是理所當然，畢竟臣屬們沒有功勞也有苦勞啊！再如前面已談及的晉武帝，也是一例。

司馬炎明知後宮已有五千佳麗，然而伐滅吳王孫皓時，仍又收容其後宮的五千美女，以致分不清誰是誰。

臨幸的記錄與方法

結果在沒有更好的分辨辦法下，只有在曾經與之同宿者手中做一紅記號，表示總算嚐過這份佳餚了。

這跟後人為防止自己的妻女胡搞亂行，故意飼壁虎以丹砂，再以其血液滴在女子臂上，名之曰：「守宮砂」或「守宮痣」，正好相反。

於是有些人為誇耀自己如何受寵，就故意在手上做記號，讓其他人吃無名醋。

也有些人很幸運，三番二次被臨幸，卻不敢太聲張，恐遭人嫉害，為明哲保身而把記號剝下。

而武帝也懶得去記數，反正只要每晚有女人伴侍於側就好了。

這個方法後來演變成——乘羊車巡行後宮，視車所停之處，即與該門內妃子共眠。

據說因此嬪妃們，就在其門前，撒下羊所愛吃的鹽。以引誘拖曳御車的羊的駐足。

今天，日本的一些高級料理店，也在門前撒鹽，是否與此有關？真希望民俗學家們能加以考證。我想或許也有「聞香下馬」的意味吧！

美女分配與密探

以鐵騎攻佔中原——蒙古的元朝，採取比較進步（？）的方法，其實卻不精嚴之至！大郡三人，小郡二人。

如此分配制度，同樣施行在蒙、金、漢各族，因此，是不論其血統的。

明代則根據情報。全國各地，都有類似星探一般的「美女選拔使」。

當美女選拔使認為這一家適當，就在她家前門上貼上黃條子，而後，不管三

七二十一，便入門強行檢查，簡直惡劣至極。

不乏幾家歡樂幾家愁的情形出現。

如後唐的莊宗，因聰慧的劉皇后巧施妙計，只得痛哭流涕地把自己精選出的愛妃賜與臣下。

再如清朝乾隆皇帝之母親——考聖憲皇后本為貧家之女。有一日，當她前去被挑選入宮的親戚家，與這家姑娘送行時，卻被冒失的宮吏，錯登在記錄簿上，考聖憲皇后只得跟官吏辯解，就在這兩相僵持下，為雍正皇帝所見而冊立為妃，且幸運的生下乾隆。

這些事跡，我們打算另外再來細述。

不過，中國的帝王們，把女性當做傢俱裝飾品般，視若財產的想法，由此讀者們想亦了解，這是歷代皆然的事實。

希望大家對此觀念，先有所認識，接著再來談談以下美女的傳記與事略。

第二典型——濃艷豐肌的豐滿型美人

為使讀者有全盤認識，仍是從古時候開始舉例。

•末　喜

又名喜妹或妹喜，她是夏朝最後君王桀的妃子。

當夏桀征伐山東有施氏時，有施氏不敵，因而進獻美人。

根據傳說，桀的臂力超群，是能夠格斃狼虎猛獸的大力士。但是，得到末喜以後，完全脫胎換骨，簡直就是詩人，所謂：「何意百鍊鋼，化為繞指柔」的典型實例。

桀為她建造大宮殿，又組成三千多人的舞者，歌舞達旦。

又聽說她喜歡絲帛破裂的聲音，即命令人民趕織貴重的絲帛，毫不吝惜地大撕特撕，使得人民苦不堪言。

此外，還有件跟上文所述，南陳後主與張麗華的故事，相似之處——就是置末喜於膝上。處理政務，均依她所說，斬的斬，殺的殺，昏亂無道，簡直到無法

無天的地步！

於是無法忍受其暴行的商湯，就率領諸侯聯軍，討伐他。

在一本名叫《淮南子》——漢代淮南王劉安所著富於道家思想的書，裏面記載著：桀與妹喜二人，同舟浮於江，在奔往南巢的山裡時喪失性命。

而在後世又有一傳說：末喜為報亡國之恨，以美人計迷惑夏桀，使之滅國。所謂「英雄難過美人關」，在中國歷史上發生的例子，實在太多了。

●妲 己

在中國史上，與桀同是上古時代無道天子之代表的，那就是殷紂王。而妲己正是其愛妃。

妲己也是伐有蘇氏時所獲的戰利品，在封神演義裡，則是說紂王聽費仲等的讒言，去攻打蘇護侯，強把妲己搶過來。她在歷史上也被視為一名毒婦。

紂王就是因妲己的建議，對人民重加課稅，而將錢財蓄聚於「鹿台」之內。

他並且建造一座高得足以摘取天上星星的「摘星樓」。另又鋪張設置頗具盛名的「酒池肉林」，並讓男女裸逐於肉林之中。

此外，他更在樓台之下，挖一大坑，裡面投有數以萬計的蛇蠱，凡他們兩人

看不順眼的臣子宮人，就將之投入坑中，讓蛇蟲裹腹，而名之為「蠆盆」。

而妲己的「靡靡之音」，在紂王耳中宛如仙樂一般，更助長其淫樂。

最後，甚至耽迷於觀賞「炮烙之刑」，看被燒殺的犯人慘狀為樂。

所謂的炮烙，就是妲己充任設計師所完成的精心傑作。

那是座用銅鑄成的大銅柱，而在銅柱上抹油，使它滑溜溜的，然後橫放在一大坑之上，坑下點起烈火。

犯人們就被逼著去上這根大銅柱，只要通得過就免其一死，由於受刑人禁不住滑溜滾燙的熱度，又怕掉入火坑，於是極力掙扎，又叫又喊，終仍不免一死。

後代所謂的炮烙，就沒這麼費事。在監獄裡逼供，往往就用根鐵棒，插入炭爐中，然後碰觸受刑者的肌膚，就叫炮烙。這是別話，且說：

無法忍受的周武王，便以太公望呂尚為軍師，且尊他為「師尚父」（含有為師為父之意），於是在牧野跟紂王對壘，只見紂王的兵士們全都倒戈相向，紂王力戰不敵下，奔回鹿台，著上金褸玉衣，投火自焚而死。至於妲己則被處斬，以祭慰忠靈。

當武王祭祀殷帝神靈與皇天后土時，就得到神明「革商，受天命」的旨意。

以上乃是「革命」的發軔，「革命」一辭，也因此很早就見諸《尚書》了。

在周武王宣佈商紂的十大罪狀，其中最重要的一項，便是「唯婦言是用」。近代的學者也有人以為這是輔政的周公，深深懂得政治宣傳，為爭取民心和鼓勵士氣，而把紂王罵成殘酷昏淫的暴君。

且又將其罪孽推到妲己身上，罵她是驕奢淫佚之妖，而其實妲己不過是美麗的女子，身為君王的寵妃罷了。

至於事實的真相如何，那就有待明智的讀者自己去抉擇！

●褒　姒

是傳統在周代有名的美人，「褒」是國名，「姒」是姓氏。

根據司馬遷的記載：

褒姒的祖先是二條非常奇特的神龍，當夏朝逐漸衰敗的時候，有一天，二神龍竟雙雙降於王庭，並互相糾絞在一起，狀似非常纏綿恩愛，而說：

「我們是褒國的君王。」

夏帝看了大吃一驚，馬上卜筮，看是否要射殺牠們。

占卜的卦意顯示說：此二神龍正在交媾，可請留下牠們的「漦」（精氣，猶

如白沫）然後藏起來，才是最吉祥的辦法。

結果夏帝持一櫝匱，求神龍的漦沫，而二龍竟然瞬間消失，只餘龍漦在箱櫃裡。

後來夏亡，此東西傳給殷，殷亡又傳給周，到厲王的末年，不堪好奇心的驅使，便打開來看……。

一開之下，龍漦沫猶如突發的暴洪，流遍整個宮廷，掃都來不及掃。

厲王大驚，便命婦人裸體大叫，並敲鑼打鼓，像是要驅邪一般。

龍漦被這麼一叫，頓化成一頭「玄黿」（黑色的大烏龜）。爬到厲王的後宮去了。

後宮的一個童妾，才剛在換牙，七、八歲的樣子，碰上牠，就被壓住了……。

未料這童妾竟懷孕，且生下一個女娃娃，她大為恐懼，便偷偷的丟到路邊。

這時，正是宣王及位，他也不知從那裏聽來的童謠說：「檿弧箕服，實亡周國。」意味著周朝將被造弓箭的人家消滅掉，覺得很不是味道，下令不准私造弓矢，否則一律殺頭。

有一對夫婦正犯此罪，欲逃往他地，就在路邊撿到了這「妖娃」，並在褒地

居留下來。

後來褒君犯了周朝法規，特意請求挑選國中最美的女子來贖罪，而這位入選的叫做褒姒的女子，就是當年的棄嬰。

厲王的孫子幽王，非常溺愛她，然而再怎麼取悅她，她都不笑。

據說為博得美人一笑，幽王任意地點燃外敵入侵時，用以連絡的烽火。

所謂烽火，就是一種用狼糞合成的特製燃料，所以又叫狼煙。當它燃燒時，煙塵很濃，而且能直上雲霄，即使刮風下雨，也不會吹散它而影響其功能。

是以遠在千百里的諸侯，見這緊急訊號，都要立刻率兵啟程，如慢於他人，輕則受責，重則被殺。

這下可好了，褒姒目睹慌張而來的諸侯，一副糗狀故而微笑起來，一對酒渦因微笑而綻露出來，像極春波泛起的漣漪，逐漸的擴展開來，煞是好看。

於是幽王為不斷取悅她，就不斷放烽火，久而久之，諸侯再不會上當了，而褒姒也覺得沒趣味不笑了。

而後褒姒為幽王生了伯服，幽王大喜，竟廢掉申后與宜臼。

因褒姒而被廢的申后，其父是鎮守西方的申侯，申侯聞知此事，立刻勾結西

戎攻入王宮。

幽王在這麼危急的時候，雖然點燃烽火，但是，諸侯們以為又是一次玩笑，毫不理會。自作孽不可活的幽王，遂被殺於驪山之下，而褒姒也被虜掠而去，終而失去消息。

瑪麗蓮夢露式步姿的始祖

•西　施

又名先施，現代中國人在對話時，常使用的詞句裏，有所謂「情人眼裡出西施」。

這意味著，從情人的眼中看來，再怎麼醜的人，也像西施一樣美麗。這也和日本的「痲子也像酒渦」之意趣相同。

遠於二千五百多年前的美女芳名，在現代對話中，竟會屢次出現，可見西施那絕世的美貌，自也「一見不如百聞」了。

西施，其實也是命運坎坷的一位美人……。

當吳越相爭，越國戰敗時，越王句踐與謀臣范蠡，有鑒於吳王夫差的好色，於是利用美人計，獻上西施以亂其政。

西施本是越國苧羅村一位樵夫的女兒姓施，由於住在以苧羅山西村，故稱西施。在浣紗溪畔被范蠡發現，因而對她施以密集訓練，經三年間修習，一切禮儀規矩、化粧術及音容步伐。連柳腰款擺，臀部輕搖——瑪麗蓮夢露式的走法都學成後，就被送入吳宮中。

果然夫差被其容貌與詭計所騙，荒淫逸樂，不聽伍子胥的諍言，而將伍子胥賜死，結果在不及整備之下而被勾踐打敗，以致自殺身亡。

關於西施，有許多傳說。

據「吳地記」記載：「西施入吳，三年始達，在途與范蠡通，生一子。」

似乎兩人產生情愫是在往吳的途中，只是吳越兩國相距頗近，皆是長江下游的國家。兩國也為此才互相侵略爭戰，現在到一個猶如隔壁鄰居的國家，竟要耗費三年，真是不可思議。

或許吳地記裡的意思是說，從發掘西施到訓練完成，送往吳國，總共三年的期間吧！這應該是較合理的推測。

又說，吳國亡後，西施與范蠡同駕扁舟，遨遊於五湖煙波山色中，這是有情人終成眷屬的美好結合，一般人也比較相信。

或有一說，是據東漢趙曄的吳越春秋記載，由於吳國的諫臣伍子胥，反對納西施為妾，被賜死，為安慰他的英魂，而將西施沉溺於江中。

各式各樣地傳說，難辨其真假，但是，人總是比較喜愛結局完滿的事。最後一說，未免太過悲慘，所以是較不受喜歡的。

在中國的古書上，「西施」早已見於《慎子》、《莊子》、《管子》、《墨子》、《孟子》等書中，也是跟東施、厲、嫫母等醜婦對舉的「美女典型」，可見西施是歷史上公認的標準美女。

當然關於這樣的美女，詩家是不會放過賦詠機會的。如宋代的大文豪，為周昉所畫一幅背面欠申婦人題詩說：

「深宮無人春日長，沉香亭北百花香。
美人睡起薄梳洗，燕舞鶯啼空斷腸。
畫工欲畫無窮意，背立東風被破睡。
若叫回首卻嫣然，陽城下蔡俱風靡。

杜陵飢客眠長寒，蹇驢破帽隨金鞍。
隔花臨水時一見，只許腰支皆後看。
心醉歸來茅屋低，方信人間有西子。
君不見孟光舉案與齊眉，何曾背面傷春啼。」

此外又有一說，謂西施有心絞症，一發作，便手捧心胸，痛苦皺眉，甚是好看，村中姑娘也就競相模倣西施捧心狀。因這個傳說，故有所謂「東施效顰」的諺語等等。

所以唐代的大詩人，也就為寫了一首「西施詠」：

「艷色天下重，西施寧久微。
朝為越谿女，暮作吳宮妃。
賤月豈殊眾，眾來方悟稀。
邀人傅香粉，不自著羅衣。
君寵益驕態，君憐無是非。
當時浣紗畔，莫得同車歸。
持謝鄰家子，效顰安可希！」

如今她那非比尋常的美貌故事，還膾炙人口地到處流傳著。

• 虞美人

這有兩個人。一是虞美人草的本源；另一是後漢沖帝之母虞美人是也。另外有一位叫做虞姬是齊威王的姬妾，可見於劉向列女傳，在此先略而不提。

第一位虞美人是，眾所周知的西楚霸王——項羽的愛妾。

在楚漢爭霸戰中，她常隨赴軍旅，安慰氣勢如虹，力能扛鼎的項羽。

據湖州名勝誌裡的記載，項羽和虞美人還有遺跡留在湖州青銅門……。

項羽和虞美人有一次在此遇到大火，項羽挾美人俱出城外。此時城門石樑下傾，項羽卻將它一手抵住，楚霸王的天生神力，就在石樑上，留下手印，做為永久的紀念。

當項羽被劉邦困於垓下時，僅剩殘兵數千，劉邦並且運用攻心戰術，令軍士們四面唱起楚歌，項羽聞後大驚道：「劉邦居然都將楚地佔領了啊，怎麼楚軍那麼多！」

於是心情鬱鬱不樂，遂深夜飲於帳中，虞姬為激勵項王，便舞劍助興。不意這卻更傷項王心，歌而自為詩：

「力拔山兮，氣蓋世。時不利兮，騅不逝。
騅不逝兮，可奈何，虞兮虞兮，奈若何。」

歌中所謂的「騅」，就是指項王常騎的烏騅名馬，意味著這馬再跑不久的意思。虞姬聽了，也淌淚收劍，陪他歌唱數闕，也唱出泣血哀吟的詩句：

「漢兵已略地，四面楚歌聲。
大王意氣盡，賤妾何聊生。」

唱罷便提劍自刎，真是個貞烈的女子！

後來，在她的墳上所開的鮮紅春花，人們便稱它為「虞美人草」。

另一位虞美人，是十三歲時入順帝之後宮，生下沖帝，卻因沖帝夭折而經歷一些不公平待遇的美人。

●卓文君

屬於民間的一位美人，我們雖是談後宮秘史，但她確有讓讀者了解的必要。

她是有名的西漢文豪——司馬相如的妻子。

本是一介貧困文士的司馬相如，與當縣令的友人王吉聯合巧設計謀。

王吉親訪蜀地富豪卓王孫的府邸，告知蜀地最近來了個貴人，高貴得讓他不

得不每天去探候他，向他請安，最初這貴人也還願見他，最後連甩都不甩了。

卓王孫一聽縣令的話，信以為真，於是大張筵席，延客數百，聚於一堂，並請王吉去接這位貴客。貴客初還稱病不來，最後「終於禁不住」眾人的力邀，勉為其難，光臨卓王孫的府第。

而眾人也心生感激之情，大覺顏面頗有光采。於是王吉就請相如鼓琴助興，相如一再辭謝，「不得已」就彈奏一曲有名的「鳳求凰」。

原來他知道卓王孫有個漂亮女兒，剛嫁不久丈夫就過世了。有名的成語「文君新寡」，即意味著新婚婦人喪夫的意思。於是回到家裡來住，因此，相如才巧妙的以琴音挑之。

誠所謂「心曲還待知音人」，禁不住好奇心的驅使，卓文君也在後堂偷窺相如的風采儀止。等聽到相如的曲奏，卓文君再也按捺不住孤寂的心，又燃燒起生命的希望。不問父親的意思，當夜就與之私奔。

盛怒的父親隨即跟她斷絕父女關係。

禁不起現實生活的壓迫，於是，夫妻二人不得已操起時人輕鄙的職業——經營酒店生意。

妻子是澋酒的伙計，丈夫則圍起圍巾，穿犢鼻褲當起廚師來。

而這也是故意丟人現眼，以便得到父親的財產的計謀。卓王孫果真中計且氣個半死，大門再也不敢跨出一步。最後還是經親友從中協調，給文君僮僕百人，錢百萬，和應得的嫁妝財物。直到如今，這還是頻為人所稱道的故事。

而後相如雖僅是個小郎吏，卻是武帝宮中的賦手，並且生活富裕安泰。但此時相如卻有意納茂陵之女為妾，文君乃作賦，曲名曰「白頭吟」，所謂「聞君有新歡，故來相決絕……」是也。

但這並未記載於正史，只有西京雜記云：「司馬相如將聘茂陵人女為妾，卓文君作白頭吟以自絕……。」

文君不但是個豐滿美人，而且又有文才。可說是一位才貌雙全的美女。

●趙合德

即前面所述趙飛燕之妹，在上一章節，我們已略述及此二人，我們也打算在下一章節談他們，這實在是因為他們姐妹二人之作為，太富傳奇性了。若不將此二人詳細介紹，真是心有不甘，相信讀者們也會有欲罷不能的心理才是。

漢成帝說：「飛燕體有異香。」但合德的香氣更有過之而無不及，所以對合

德的軀體，甚是喜愛。據「西京雜記」的記載，曾比較飛燕、合德的優劣，說：「趙后（飛燕）體輕腰弱，善行步進退，女弟（古人也把妹妹稱作弟）昭儀（合德被成帝封為昭儀，地位僅次皇后）不能也。但昭儀弱骨豐肌，尤之笑語，二人並色如紅玉，為當疇第一，皆擅寵後宮。」

合德居於昭陽宮，成帝為了她，也耗盡心思，曾特命丁媛、李菊等天下第一巧匠，來為昭儀宮整飾裝潢。如簾帷以珍珠串成，殿上雕設九金龍，各銜九枚金枚，且雜以五色流蘇，綠文紫綬，金花銀鑷，可謂「風鈴」的首創者。

此外更有生動活潑，維妙維肖的木畫屏風，桌几用翡翠，床枕以白玉、熊毛地毯、象牙床簟，綠琉璃的窗扉，白玉砌成的台階，椽桷刻以龍蛇，縈繞其間，鱗甲分明，每每令人誤以為真。至於壁上更鋪以黃金橫帶，橫帶上又飾以藍田美玉，明珠翠羽，極盡奢華之能事。

這是自有後宮以來，所未嘗有的大工程。

且說，合德每晚沐浴於蘭室，成帝常暗中偷窺，以為樂事。

侍女們知道後，告知合德，合德本是個智慧型的人物，善用攻心戰術，於是下一次就將燭火吹熄，成帝也只有乾瞪眼的份。

失望的成帝，一狠心之下就給侍女們為數可觀的小費，而盡其窺望之樂，殊不知道中了合德的圈套。侍女們也都樂的合不攏嘴來，正所謂「各得所需」，可憐的成帝還被蒙在鼓裏，充當冤大頭。

傳說，成帝又賜予真臘夷邦獻上的夜明珠，每晚置於枕邊，欣賞她那與珠光相互輝映的白細柔美臉龐，與豐腴的軀體為樂。

●張麗華

前面已述及，由於麗華也是「碩人其頎」的代表之一，故又補述於此。

南朝末王陳叔寶，在兵敗不可收拾的局面下，躲入景陽宮井底，伴隨的就是孔貴妃和張麗華兩人。

不料精明的軍士，終於還是找到陳後主窩藏的地方，而要他上來受降，昏庸的叔寶默不作聲，以期挨過此劫。軍士們憤而要把這口井封上巨石，在沒辦法之下，只好讓軍士用繩子拉上去。

當軍士們拉他上來時，發覺出奇的重，直懷疑他是長了三頭六臂的壯漢，好不容易，耗盡九牛二虎之力才拉上來，一看之下，才知又伴了二朵出水芙蓉，而麗華的碩麗也可想而知。

•則天武后

她是中國史上唯一的女皇。但是，願意稱武后為美人的似乎不多。想來這是因為，她被視為歷史罕見的妖婦，權力慾望都還遠勝於男人。由於後世之人，都以此點作論，故而不談她是個美人一事了。

武則天以美艷入宮，歷經三朝，活了八十多歲，從少到老，駐顏有方，真是一棵「常青樹」。在她有生之年，廣置面首，而應付裕如，私生活之浪漫淫猥，當代朝野多已略知，只是不敢直言罷了——除駱賓王為徐敬業討武曌檄外。

武后不僅才識過人，更是聰明靈敏，知人善任，求才若渴，更兼有政治手腕與魄力，與一般蛇蠍淫娃，終是有所差別的。

武后身歷二代為妃，實在稀奇得很，按理，中原文化是不允許有這情形的，有的話也只有遠在春秋戰國時代，父不父、子不子的情況下，如衛宣公娶太子伋之妻；楚平王娶太子建之妻。在詩經邶風新台描寫宣公的醜態，實在有趣，我們把它錄出來，以饗大眾：

「新台有泚，河水瀰瀰，燕婉之求，籧篨不鮮。

新台有洒，河水浼浼，燕婉之求，籧篨不殄。

魚網之設，鴻則離之，燕婉之求，得此戚施。」

譯文為：「黃河岸邊，波光瀲灩，靠著岸上，正築著一棟耀眼的大廈。我這樣一個美貌的女子，本願嫁個俊俏郎，那知他臃腫得像個大水缸。黃河岸邊，河水平流，新蓋的高台亮閃閃，佳人本當配潘郎，大肚的水缸令人嫌。

為補魚才把魚網撒，蝦蟆卻向裡邊爬！當初說好是個美少年，誰知竟是腰彎背駝的癩蝦蟆。」

至於北方的匈奴，更有這種風裕，如王昭君便是個例證。近來也有人考證出唐代皇室，乃北地民族，所以有這種現象就不足為奇了。

聽人傳說武后的容貌，與楊貴妃不相上下，雖然已是六十多歲的老媪，仍點朱抹粉，風韻猶如三十餘歲的佳人般。

清朝的西太后——慈禧大概有幾分像她，此外再也沒有第三人了。

根據畫像觀察武后下顎寬，中等身材，眼大而美，肩膀圓溜。

武后恣意淫虐，除薛懷義外，又與沈南璆及張昌宗、張易之二位美少年兄弟私通，這還只算是較有名氣的幾人，其他可難以計數了。

但是，武后在政治方面，卻頗受好評。中國的史家們對於其選賢與能，維持長久社會安寧的政治手腕，予以讚揚。

●楊貴妃

她與唐武后一樣，同受寵於皇帝的親子，只不過一是兒子讓給老子，一是老子留給兒子。更有趣的是，兩人都曾當女道士，然後再回返君王的懷抱。

從皇子妃升格為皇帝妃子的楊太真。正如鯉魚躍過龍門般，化為神龍——頓使「六宮粉黛無顏色」。

在玄宗的愛情史裡，除了平常的拈花惹草外，最初始於王皇后，接著是武惠妃，而後是前面書及的纖細型代表——梅妃，最後才是楊貴妃。

然而，楊貴妃自入宮後，就非常嫉妒梅妃，視她為第一號敵手。當她已迷惑得玄宗目瞪口呆，讓玄宗反過來有求於她時，她的氣燄更盛了。

所以，楊貴妃一得到密報，就在玄宗與梅妃的幽會中，撞將進來，使得玄宗進退兩難。

梅妃對於楊貴妃也忌恨頗深，常指楊貴妃為「肥婢」，即臃胖不堪的女人。

有一幅古畫上畫著楊貴妃騎著青驄駿馬的情形，青驄駿馬本是高大健壯的，

豈料楊貴妃一踩上馬蹬，傾欹著身子，想要翻身過馬背時，畫家的妙筆，把馬背畫成大弧度彎曲的形狀——楊貴妃的份量也就可想而知了。

無怪乎梅妃罵她是肥婢。

楊貴妃雖肥，身材卻配合的恰到好處，尤其一身賽似玉脂的肌膚，連玄宗也要為之一呆。

傳說在炎炎夏日裡，貴妃躺在床上午眠，看見的宮人，卻說她像塊軟綿綿的豆腐，幾乎要滴出水來！

貴妃最愛吃的水果就是荔枝，每當荔枝盛產期，嶺南的使者就得快馬加鞭的送入宮中，往往為走捷徑，而踐踏田家禾稼，弄得使者與農民苦不堪言。

清代洪昇在長生殿的第十五齣進果，正是寫這令人切恨的情形。但楊貴妃也因好吃荔枝，而博得「荔枝美人」的美稱。

我們再說說她的家世吧！楊貴妃名太真，字玉環，是弘農華陰人，父親楊玄琰是在四川當司戶官時生下她。因父親早逝，所以幼年便寄寓叔父家中。

十七歲時，被送入壽王府中為妃，是時為開元二十二年。至開元二十八年，才由太監高力士發現她風采超絕，而獻之於玄宗。

由於楊貴妃的關係，叔父兄弟也都貴為通侯，姊妹俱封國夫人，一時聲勢顯赫，人人稱羨，因而有歌謠謂：「生女勿悲酸，生男勿喜歡。」「男不封侯女作妃，看女卻為門上楣。」

只是好景不長，由於玄宗耽於逸樂，太真哥哥楊國忠弄權賣國，招來安祿山之亂，誠所謂「漁陽鼙鼓動地來，驚破霓裳羽衣曲。」

玄宗帶著楊貴妃逃難，卻在馬嵬坡中，三軍不發，玄宗只得殺了楊國忠，貴妃也以白練自縊，頓使「花鈿委地無人收」「此恨綿綿無盡期」。

中國有句成語「環肥燕瘦」，可見她已是體態豐腴，獨占鰲頭，無人不知，無人不曉的傳奇人物。

詩人對她的賦詠也不少，如白居易「長恨歌」、杜甫「麗人行」、李白「清平調」全是代表的傑作。

當白樂天歌詠到「後宮佳麗三千人，三千寵愛在一身」時，便是諷刺：除楊貴妃外，其他二千九百九十九名妃嬪，如同活的死人般，在後宮裏，任隨年華老去的悲哀。

因而他又說：「梨園弟子白髮新，椒房阿監青娥老。」再如元稹的行宮——

「寥落古行宮，宮花寂寞紅，白頭宮女在，閒坐說玄宗。」都是同情這些宮娥的命運啊！

後宮在任何時代，都是嫉妒與歇斯底里的漩渦，不受寵的宮人，雖然豐衣足食，精神上卻早已失去生機，猶如松木朽株一般，那兒不過是她們的墓園罷了！

有關楊貴妃的小插曲，實在不勝枚舉，如她與安祿山的曖昧關係等，在此不作詳述了，畢竟這也只是稗官野史，只能姑妄視之，姑妄聽之。

醜女行大運

以上是豐滿型美人的事略。再簡單談談第三典型的醜女以及特殊典型。

•無鹽女

戰國時代齊宣王的正后，被認為是中國史上最醜的女人。

她本名叫鍾離春，因在齊地鹽邑的地方出生，故而被宣王封為無鹽君，而有此名。

至於「無鹽」的稱號，也是現代中國人對醜女的別稱。據說當時的齊國，再

沒有比她更醜的女人。

她的長相是：頭頂凹陷，像極舂米的石臼，眼睛深陷，好比大窟窿，鼻孔朝天，有如四方印，頸子肥厚，喉頭長個結，聲音低沉，手指粗長，皮膚黑漆漆的，又長了滿臉的面疱，背又彎，頭髮又少，當真人見人怕。

到她年近四十時，尚待字閨中，遂自訪宣王，述政治方策。故事是這樣的：

「嫁不出去的無鹽，只好充當推銷員，把自己推銷出去，而她推銷的對象，可不是低三下四的愚夫笨漢，而是全國最高的領導者。

當她走到宮門，告訴侍衛，說明來由後，侍衛大吃一驚，立刻通報宣王，此時宣王正置酒歡宴，左右親信聞報笑的嘴都合不攏，因為無鹽的醜，是天下有名的。

宣王想故意戲弄她，於是就命人叫她進來。無鹽一進來，即坦蕩蕩的對宣王說：『男大當婚，女大當嫁』是天經地義的事情，如今大王您的子民，『不容於鄉里布衣』——竟是個滯銷品，使大王國中有怨婦之嘆，對大王實在是種恥辱，在沒有辦法之下，更為了大王您的面子著想，我只有上門來找您。

宣王笑曰：『你有什麼專長嗎？』

無鹽說：『我一來腦筋靈敏，二來能言善道，三來又會變魔術——隱身。』

『你就隱身讓我瞧瞧吧！』宣王道。

鍾離春倏地就不見了。

宣王見她久不現身，就催人至她家叫她來，想要看得更仔細，然而卻找不到她。隔天倒是她自己來了。

她絕口不提隱身的事，而咬牙拍頭自言：『大事不妙啊！這可真不妙！』

宣王問她又怎麼了。無鹽這才一本正經地說出齊國目前的危境。

宣王聽得驚出一身冷汗，大嘆說：『若非無鹽君一席話，我恐怕就要成為上負祖先，下愧子民，己身不保的罪魁禍首了。』

於是無鹽的計謀，也一一被宣王所採納，因此，全國上下頓時生氣勃勃，宣王也開始精選其兵馬，摒棄女樂，而使國庫充實，齊國富強。」

這雖是近乎異想天開的神話，但宣王在歷史上也實在是個了不起的大人物！

•宿瘤女

照字面所述的，也就是指女子身體上寄生一個贅瘤的意思。

她就是齊國東邊城郭的一位採桑女，在她的後頸上長個出奇大的瘤，因而脖

子轉動困難，也特別有礙觀瞻，她正是齊閔王的皇后。

當閔王出遊城東郊，人人都在瞻仰大王的風采時，只有她不停止手上採桑的工作。

閔王看了不是味道——竟被一個醜女奚落！就召她來責問。

女子應曰：「父母教奴勤採桑，並未教奴拜大王。」

閔王讚嘆地說：「真是個奇女子，只可惜，若無那個瘤……」。

她卻回答：「瘤這等東西，並不妨礙修身立德，更何況身為女子，只要守貞不二就夠了，那還管這許多。」

閔王聽後非常敬佩，想立刻帶她入宮，她卻不從，說道：「我的父母有幸能安居在大王的境內，並教導我禮儀，讓我知道進退，如今未得父母的允許，即私自與大王進宮，那我豈不是跟情夫私奔一樣嗎？願大王遵從婚娶儀式，到我家下聘，否則我寧死也不從。」

閔王大慚，立遣使者奉黃金百鎰往聘，結果宿瘤女不待搽脂抹粉就進宮了。

一進宮，後宮佳麗見到她，無不掩口而笑。閔王也被笑的發窘，訕訕地說：「只是沒修飾罷了，有修飾就相差十百倍。」

宿瘤女道：「何獨十百倍，連千萬倍都有！」

眾女聞言，卻嗤之以鼻。

宿瘤女繼續說：「以前堯舜以仁義修身而揚名千古；桀紂不以仁義修身，故身死國亡，臭名遠播，兩者相差千萬還不足，何況才十百倍！」

原來她把外貌的修飾故意講成內在的涵養哩！這麼一說頓使眾女羞愧交加，而閔王最後也正式立她為后，是位有德的賢女。

●孤逐女

本是齊國即墨人的女兒。

也許讀者們會奇怪——齊國醜女怎麼那麼多？其實歷史上，齊國的美女也很多。應該說齊地的女子都很富傳奇性吧！

孤逐女的父母很早就去世，齊相曾可憐她，納她為妾。但過幾天就受不了醜陋。給他一點金錢，就趕她出門。

可憐的孤逐女，傷心憔悴，益顯得難看，因為太醜，於是又被三度逐于鄉，五回逐于里。人人一見她的怪模樣都覺得討厭，幾乎天下再無她可容身處。

只好到齊襄王的宮門投訴。但是，襄王的左右勸他說：「被三度趕離家鄉，

必然是她不忠不貞的緣故，被五回驅逐於村里，一定是她失禮節的關係。既不忠不貞，又沒有禮節的女子，大王您何必還費神去見她？」

襄王說：「你們見過牛和馬嗎？聽過牛鳴嗎？當牛叫的時候，馬會去應和牠嗎？因為兩種不同類的緣故啊！這個女子有這份膽量，竟遇到這麼不幸的事，一定在某些地方異於常人，我怎麼可以不去見她？」

於是將她招進宮裡大談三日，樂而忘寢，於是便納她為妃，極敬愛她，國家也因而治平。

•嫫母

這是傳說中黃帝的妃子，但是後人對她了解不多，只知道她生得極醜，也沒有敘述到怎麼醜法。總之，在文人的筆下有提到無鹽必也加上嫫母，而與美人西施、王嬙相對。

嫫母容貌雖甚醜陋，但也是位賢德的女性，可算是最遠古時代的醜女模範。根據以上的事蹟看來，醜女往往身具懿德賢慧的傾向，但是，某一些中國學者，卻認為那是過分粗俗的趣味表徵。

或可說是，帝王們對美的感覺已經遲鈍，甚至厭膩，反而從醜中看出美的極

致也說不定。

有趣的是，我們以上所述，既有賢德，卻不貌美的王后，都是在春秋戰國以前，至於在後來的歷史上，倒很少見這種醜婦為妃當后的。就是漢高祖劉邦並不深愛的呂后，不見得醜到那裡去。

或許這也有後人故意勸人要好德不好色，而加以託古的一種傳說成分在內。

在後代史料上，真正找得到醜婦為后的，那就是明太祖的馬皇后。其實，馬皇后的外貌也不見得醜到那裏去，她之所以被列為醜婦，是因為她有一雙大腳丫子。

自從五代李後主的寵姬——窅娘以白綾裹足，舞於蓮花台上，大開婦女纏足風氣之先後，中國古代女子，莫不以擁有三寸金蓮為榮。

凡是未裹腳的女人，一定都是卑賤的僕婦，即使面貌再姣好，也不足與眾芳並美的。

馬皇后正是有這樣的一雙天足。

據說有一次明太祖微服出巡，碰上有人在猜燈謎，有一道題目，正是諷刺馬皇后的大腳。太祖含恨，隱忍不發。

當晚回去就跟馬氏提起這事，準備明天下令捉拿這干人。不想馬皇后聽了一點也不氣。還笑著說：「我這雙大腳，人民都記在他們的心裡！這豈不是一件很光榮的事嗎？想當初你南北轉戰，遇到強敵，潰不成軍，要不是靠我這雙大腳，背起受傷的你，一起逃跑，又怎麼會有今天安樂的日子，這也是天下人盡知的事嘛！他們都能記得我有一雙大腳，是多光榮的一件事啊！」

足見這位馬皇后是多麼賢明，又能為別人設身處地的設想！跟這些上古的醜婦相比，更具真實性。

順便地，我再舉個不很醜而偏裝醜的故事來談：

梁元帝是個獨眼的皇帝，在南史上記載，梁武帝夢到一位「眇目僧」手執香爐來降生的。不過，這記載恐怕是因元帝自卑而起的一種說辭吧！

另外有一種傳說，是說他並非生下即瞎眼，而是讓人不小心弄瞎的。由是之故，梁武帝非常負疚，對他也就特別疼愛。

元帝的妃子徐昭佩，在為元帝生下世子方等，益昌公主含貞後。元帝大約二三年才來看她一次，原因是她的容貌本就不及他人，再加上生兒育女，憔悴可知。

這使徐昭佩大感憤恨不平，所以她竟不顧廉恥，與人私通，如隆光寺的智遠

道人、季江及皇帝近臣都跟她有一手。

此外她更故意裝醜，當她聽說難得來一次的元帝要來，就故意「半面粧」——從鼻梁分開，粧只化一邊，好諷刺她這無情的獨眼丈夫。興沖沖來到屋內的元帝，一見到徐妃的「無言諷刺」，乃大怒奪門而出。又因徐妃嗜酒，偶爾也會故意醉酒，吐得元帝滿身臭味！這種出醜的方式，在後宮實在難得一遇。

徐妃的故事還不僅此，她自己不受寵，可是醋勁卻很大，一知道有人懷孕，馬上拿刀子要與人拼命；若與自己同遭受人「冷凍」的命運，立刻引為知己，和她飲酒交歡。

中國有句成語「徐娘半老，風韻猶存！」一般人常以為風韻猶存是好話，其實那被「讚美」的人，恐怕吃了大虧還不自知哩！因為大家一定都不想如徐妃這般淫蕩。

且說元帝的大臣季江，生得一表人才，嘴巴又甜得出蜜，所以徐妃在孤寂之餘，便常跟他淫通。事後季江讚不絕口地說：「柏直狗雖老猶能獵；蕭漂陽馬雖老猶駿；徐娘雖老猶尚多情。」典故的由來，就是由此演變而成的。

徐妃最後也沒有好下場——終於被逼迫自殺，投井而亡。元帝恨意難消，乃將徐妃屍體還給徐氏，稱為「出妻」，並在所著文學評論專著《金樓子》，還述及徐妃的淫行。

我們再舉一個既醜又惡，比徐妃更厲害的例子看看。

美貌卻心惡的故事常被提及，但既不美又不德的人物卻鮮被論及。

‧賈南風

賈南風是統一魏、蜀、吳三國鼎立局面的晉武帝，司馬炎之子惠帝的皇后。頗富心機的元勳大臣賈充，以謀策將相貌極醜惡的女兒——南風，送入太子宮內為太子妃。

武帝原本是要為太子娶衛瓘的女兒，但是皇后接納賈氏族黨的勸說，要立賈氏女為后，武帝便說：

「衛公女有五可；賈公女有五不可：衛家種賢而多子，美而長白；賈家種妒而子少，醜而短黑。」

但是禁不住皇后再三固求，而此時的賈充也勾連大臣荀顗、荀勗，同稱賈家女雖相貌平凡卻賢良溫恭，是知書達禮的書香弟子。而且古來女子重德不重色，

所以，娶大功臣賈充的女兒是再恰當不過了。

本身已是上樑不正的晉武帝，禁不得再三的請求，也就答應了。

然而原本是要娶賈南風的妹妹賈午（因惠帝時年十三歲，賈午正好少太子一歲），但是賈午太過短小，承受不起鳳冠霞帔的重量，只好娶她姐姐南風。

此時的南風年十五，被冊封為太子妃後，這位賈氏女就開始顯現出她們賈家的遺傳——嫉妒，而且多權謀，常駕馭太子，讓他不敢太過放縱，而且盡量使用媚術，使他又畏又惑，而對其他妃嬪也就不敢御幸。

南風酷虐的本性就此漸漸顯露。在她的身上，常持有利刃刀戟之類的武器，每每為一點小事就動刀殺人。

此外她還拿著戟，隨意投擲孕妾，使得孕妾當場流產斃命。

晉武帝見如此酷狠的媳婦，耽心軟弱癡呆的兒子早晚會被她「吃」了，於是決意要廢她。

賈充立即上殿求情說：「賈妃年紀還小不懂事，更何況嫉妒本是女人天性，現在給她一點教訓就夠了，何必動那麼大的脾氣？」

此時朝中大臣，多是賈充一黨，所以，武帝也沒辦法立刻廢掉她，事情也就

不了了之。

她待武帝一死，就操縱患有癡呆症的惠帝，並謀殺盡力促成其婚事的恩人皇太后。

此外，遇有懷孕的嬪妃，就將其折磨致死。就這樣天下的大權一把抓，並且兇暴荒淫放恣致極。且為了求子，常與臣下淫交，尤其是與太醫令程據的穢亂醜聞，天下無人不知，就只有笨蛋惠帝還傻乎乎的不知是怎麼一回事。

賈后除跟臣下胡搞之外，還派出心腹老太婆到天下各地去誘拐美男子，至於詳細的情形我們就留待下一章節再說。

結果仍註定沒有子息！古時，雖身為正后，但嬪妃之中，若有兒子，被立為太子，那麼無形中，嬪妃的地位，將高出正后許多。

所以，漢武帝的陳皇后阿嬌由於沒有子女，便挾懷媚道，且詛咒後宮，事件揭穿，才被幽居於長門宮內。

讓其他妃子的兒子立為太子，這豈是賈后所能容忍，因此便想出一個辦法，騙惠帝說她懷孕了。把產具準備就緒，而偷偷的將妹夫韓壽的兒子慰祖接過來，詐稱深夜順產下的壯嬰。

賈后荒誕的舉止實在不可勝數，洛中道上的民謠便唱道：

「南風烈烈吹黃河，遙望魯國鬱嵯峨，前至三月滅汝家。」

果然不久，趙王倫叛亂，命尚書劉弘為使者，拿金屑酒，命在位十一年的賈后自殺。

賈南風是中國歷史上非常有名的女子，但是，也只有她得不到任何同情與惋惜，沒有詞家墨客願去賦詠這又醜又毒的黑蜘蛛。

貞剛氣節伴天香

接著我們要談的，是特殊型的美女。

在此將談談在歷史上頗負盛名的清朝乾隆皇帝，為爭奪香妃——如此國色天香的美人，而不惜遠征西域。

•香　妃

香妃——是天山南路的回部（回教國）首領霍集占的王妃，她因艷絕於世而廣為所聞，但對其身世並不清楚。因體散殊香（並非塗香料，而是自然的分泌）

所以國人稱之為香妃。

香妃的艷名不久也傳到乾隆的耳裡，為將她奪為己有，並博得回民的敬畏，便派遣大將軍兆惠、副將軍劉沛等統率大軍，向新疆進發。

乾隆也曾命他們不要妄殺百姓，不要焚燒劫掠，最主要能活捉香妃，就算大功一件。

可是清兵一到新疆，霍集占不願清人干涉他們自由，更不願愛妻被奪，故憤而抗之。

酋長巴達克，想借清兵的聲勢搶奪霍集占的地位，而暗與清兵互通消息，且乘便射死霍集占。

兆惠找到了香妃，騙稱霍集占已被捕進京，香妃只好乖乖的跟他到北京。

另一方面，當乾隆皇帝得知遠征將軍兆惠已活捉香妃的消息時，立刻命令護送至北京來，且嚴令地方沿道的諸官們，不得使她在途中受到任何風寒與損傷。

香妃一到北京，就住進西苑的別殿，入宮的香妃，一心一意念著丈夫，總要求與丈夫見面。心儀已久的乾隆，只儘量供奉她，以博取香妃的歡心，而忘卻舊情，然而香妃仍不為所動，乾隆只得說出實情，香妃大為傷悲，便得病了……。

懷念故國的香妃，終日鬱鬱寡歡。怎樣安慰她，都沒辦法。乾隆的權臣和珅便獻策，要乾隆在皇宮的西邊築起一座回城，一切佈置都按照回族的生活方式，並教太監扮成回人來服侍她，乾隆歡心地去辦，並且特令在宮廷內建造回教的禮拜堂，由皇帝親自祭拜，但也無效——香妃的心已死了。

於是乾隆又誘言道：「若順帝意，即立為后。」不過仍是徒然——香妃回答道：「若要妾順帝意，即死而已矣。」

回族人民最愛清潔，所以香妃也是每天入浴。有一回，她剛洗完澡，乾隆正好來，打從老遠，就聞到一陣淡淡的清香，他知道這是香妃體上的異香，大為心動，按捺不下燃燒的熱火，便闖入香妃的臥室向她求歡，香妃寧死不從，並取出懷中的利刃，準備不是乾隆死就是自己殞命。

乾隆大吃一驚，知道性情貞剛的香妃，是不能用強暴的手段，所以，還是希望她回心轉意，無可奈何地笑著走開。

自此以後，香妃緊緊的用衣服裹住，再也不輕易入浴，怕乾隆會突然來侵犯她，所以在西苑別殿，一直散布著郁郁的濃香。

經過一段日子，香妃仍不改其志，而皇上差點遇刺的消息，不久也被皇太后

知道了。皇太后聽聞皇帝熱戀異族的女子，又差點遭致生命的危險，大為震怒，然而又禁不起乾隆的求情，也沒有辦法下手殺死她，或趕她離開。

最後，皇太后決意趁皇帝不在時，偷會香妃，聽香妃言道：「假使不能報此仇，請賜一死。」太后也為她的貞剛所感動，畢竟這終究是齣無可奈何的悲劇，於是就命宮監，以三尺素綾絞死香妃。

聽說乾隆皇聞此言，久立宮門，號泣不已，而將她葬於北京宣武門外，遺塚至今仍在。

第四章 后妃的情慾

典型女性哀史

漢武帝將曠絕古今的偉大史家——司馬遷，處以宮刑之後，司馬遷為抒發憂憤，奮而寫成《史記》一書，而名留千古，如今我們也因而能從這本書，發現到后妃的哀怨史，其功勞著實偉大。

司馬遷所以受宮刑，主要是因漢代飛將軍李廣的長孫李陵，與匈奴大軍交戰投降，司馬遷為李陵說情，認為由他平日的行止推測，定是為保全其他軍士的性命，且是為詐降，日後必有所作為。

這話引起武帝勃然大怒，認為司馬遷這一說，足以影響貳師將軍李廣利所率領的將士軍心，且話中之意，正是責備李廣利擁大軍，而坐視不救的罪過。

而李廣利，正是武帝最為愛寵的妃妾——李夫人的兄弟。所以司馬遷因「口禍」，而遭到殘毀軀體的厄運。這是餘話，且說：

這位武帝，雖然內則大尊儒術做為國家政教的方針，並確立中央極權制度，又開通運河，鑿掘數十丈的深井，大行灌溉。

對外則遠征北漠西域、巴蜀、百越（東南沿海的南蠻）、朝鮮，而在朝鮮設置樂浪、臨屯、真番、玄菟四郡等等……。實是一位雄才大略的皇帝。

但他也跟歷代的皇帝一樣，同是「愛好聲色犬馬」之人。

在這位精力絕倫的武帝愛妃中，有一位叫鉤弋夫人的妃子。武帝之後即位的昭帝，即這位鉤弋夫人所生。

當鉤弋夫人花容正盛，才年值二十四歲時，武帝駕崩了。

而武帝在預感死期將近時，就把鉤弋夫人賜死。

鉤弋夫人姓趙，是齊地河間人，當武帝巡幸河間時，望氣的人跟武帝說：「此地必有奇女子。」

天子於是派人召之，沒想到來的人，竟是雙手拳曲，長眉入鬢的美人。

這一個趙氏女，從小就不愛講話，不意六年前生了病，雙手捲縮，飯也吃的很少。

也有一個善於望氣的人，跟趙家說：「東北如今有瑞氣，必定有貴人駕臨，若去找他，你的女兒就可以得救了。」

所以，就這樣無巧不成書地碰上了。

當武帝親自用手去扳趙氏女的曲拳時，就是那麼奇怪，曲拳竟自然伸直。根據「括地志」的記載，手開之後，還有玉鈎一樣的神話傳說。

於是武帝便帶她入宮，大為見寵，號為「拳夫人」，又因居於鈎弋宮，而稱做「鈎弋夫人」。

武帝生了昭帝後，很喜歡昭帝，常常帶在身邊。昭帝年紀雖小，但極聰明，也很健康，體格看來就比同年紀的孩子要高大。

武帝居於甘泉宮的晚年，鈎弋夫人也一直隨侍在側。有一天，武帝突然命畫工畫一幅周公負成王的像，賜給霍光。於是左右大臣都知道皇帝囑意他這最小的孩子稱帝，這是鈎弋夫人最風光的一段日子。

過了幾天，武帝竟然罵起鈎弋夫人，左右大驚失色，連鈎弋夫人也不知道，怎麼忽然間就觸怒一向深愛她的老人，連忙拔下金簪，卸下玉鈎，叩頭請罪。

武帝命左右拉她下掖庭獄，涕泣的夫人被拉著走，還頻頻回頭望著老人，只盼他能回心轉意。

老人搔搔頭，揮著手說：「快去吧！你活不成了。」

夫人就這樣死於雲揚宮。

當日暴風揚塵，漫天無光。武帝命人晚上抬著棺木把她葬了。聽到這消息的人民，也都為夫人感傷，而武帝隔不久也去世了。

從漢代追溯到殷商，其間歷史是夠長遠的了。

鑑往知來，武帝知道，根據歷史上的很多實例，如果遺下既美麗又年輕的皇太后，可以預見得到將引起錯誤，即或不然，也不可不防，所以賜鈎弋夫人死。

鈎弋夫人死後，武帝才說出他賜鈎弋夫人死的原因，且將它抄錄在下面：

「其後武帝間居，問左右曰：『人言之何？』

左右對曰：『人言，且立其子，何去其母乎？』

帝曰：『然，是非兒曹愚人所知也，經古國家所以亂也，由主少母壯也，女主獨居驕蹇，淫亂自恣，莫能禁也，汝不聞呂后邪？』」

既無犯罪，卻要被賜死的鈎弋夫人，其一生就是在那樣專制皇帝的時代下一個女性哀史的典型。

至於昭帝的皇后上官氏，因為她是攝政大臣——霍光的外孫女，在六歲時，即因為政略關係，而成為皇后，這在下一章再詳述。

人類的歷史，現在想來，似乎經常在發生著令人不可思議的事。

我們現在便先追溯中國上古時代，有關后妃情慾的史事，然後再論述武帝以後的后妃們。

飲食男女的必然

在中國古書上就說到：「飲食男女，人之大欲存焉。」這是很明智的觀念，可說是千古不變的真理。因為欲望本就是生物的一種原始本能，所以有生理方面的需要，也是無可厚非的事實。

然而，具有高等智慧的人類，畢竟與一般動物不同，除傳宗接代的目的外，更要昇華達到精神上的滿足愉悅。

中國最早的詩歌總集《詩經》，其中的國風，就顯現著當時各個國家的活潑性，以及他們的民風習俗，尤其男歡女愛的狂熱程度，更是赤裸裸的表露無遺。可別以為中國的古典文學，都一定是死板板，且帶有濃厚道學氣的「冬烘」思想。要知道，這種扳著面孔說教的情形，是直到宋代講求「理學」，才讓人所產生的一種印象，即使是孔子也是可愛得很呢？

比如有一次孔子會見當時一位出名的美人——南子，她是衛侯的寵妃。這時的子路就不高興了，以為兩人定有不可告人的曖昧事。

這可怎麼辦？著急的孔子，本是不講性命與天道的，如今也指著天說：「我如有什麼越軌的地方『天厭之！天厭之！』」

厭有抑損的意思，也就是說：「老天爺就讓我不得好死啊！老天爺就讓我不得到好死啊！」看吧，跟你所想當然耳的孔子是不是差很多？

而這部《詩經》就是由孔子所整理而成的，我們不妨就舉召南的一篇「野有死麕」，來看看這種未經修飾的兩性情感。

這一篇是寫森林裡的一位獵戶，用他獵得的獐和鹿，做為取悅女子的禮品，而結識這年輕女子的經過：

第一次進獻：

「野有死麕，白茅包之，有女懷春，吉士誘之。」

譯為——野地裡有隻死掉的獐，用白茅草包起來很像個樣，因為年輕貌美的姑娘懷春兒，英俊健壯的男子要「釣」她啊！

第二次進獻：

「林有樸樕，野有死鹿，白茅純束，有女如玉。」

譯為——森林裏有叢叢的小樹，野地有頭剛死的鹿，用茅草捆做一束，美玉般的姑娘白素素。

釣著了：

「舒而脫脫兮，無感我帨兮，無使尨也吠。」

譯為——慢慢來啊！你別那麼猴急！還是少拉我的佩帶，讓我自己來，可別讓我們家的狗兒叫起來。

既然民間都已如此，我們再來看看陳風「宛丘」的一段：

「子之湯兮，宛丘之上兮，詢有情兮，而無望兮。」

譯文——你是那麼的喜愛「遊蕩」，就在那宛丘的山上，可真是有「情調」嘛！可是你叫人民又如何瞻仰你的威望。

這是因為陳國的初封始祖胡公，他的夫人太姬沒有子息，於是就聽男巫、女巫的話，一面祈禱鬼神，一面就歌舞交歡，首開陳國淫蕩風氣之先，所以，後來也才有陳靈公和大臣孔寧、儀行父，共淫一名叫夏姬的寡婦。

這種以肉體的歡愛而達到精神的快感，實在是最低層次的行為，可是在中國

歷史上依然不斷地發生著。

亂倫的淫行

前面講過齊國不少有德無貌的婦人，現在就來講漂亮的齊國女。說也奇怪，嫁出去的齊國漂亮女子，大部分德行都讓人不敢領教。而我們現在要說的齊姜，卻與她哥哥有一手。

齊姜生的兒子莊公，也娶齊女哀姜，哀姜竟跟小叔慶父有姦情，您說這怪不怪？

且說齊姜仍待字閨中時，就已跟哥哥有不正常的關係，等她嫁給魯桓公後，還是難忘舊情，常藉口回娘家探視，一去就是十天半月。

魯桓公很疼愛齊姜，沒料到竟會有這種亂倫的事情發生。在桓公十八年的春天，有政策問題須要齊國幫忙，桓公親越境到齊國會見襄公，當然夫人也吵著要回去囉！而一些敏慧的大臣，早有風聞他們兄妹倆的曖昧關係，而諫止他們別入齊境，桓公不聽從。

一到齊境不久，兄妹兩人的姦情，就被桓公發覺了，大罵齊姜不知廉恥為何物，齊姜仗侍齊國地大、物博、士眾、兵強，平日就一點也不怕桓公，如今怎堪桓公的辱罵？

於是，立刻告訴哥哥襄公，襄公因秘密被揭穿也老羞成怒，便設計謀害桓公——齊襄公宴饗桓公，把滿肚子火的桓公灌醉。說他自己不能上車，要大力士公子彭生抱他上車，並暗示彭生下毒手。

當彭生抱桓公上車時，便乘勢撕裂桓公的脇骨——這就樣死在車上，死的不明不白。

等桓公屍體運回魯國，魯人以義質詢齊國說：「魯桓公身體一向健朗，現在為了與六國修好，才親自赴齊，不想竟肋脇拆裂，死在齊地，願得公子彭生以償命。」

襄公答應殺彭生抵罪，彭生心有不甘，臨終說出原委，才知道淫行亂倫的事情，而齊姜也因而滯留齊境，再也不敢歸返魯國。

貪婪的太后

在歷史上以陽物壯偉著稱史書的，自當推嫪毒為第一把交椅，他是秦始皇的生母趙太后的御用品，我們且來說說這位貪婪不知足的太后秘史：

陽翟有位大商人名叫呂不韋，他很擅長做生意，販賤賣貴，家財萬貫。

當他有一次到趙都邯鄲做生意時，遇到秦國在趙國當人質的子楚，認為奇貨可居，於是花大把的錢，讓子楚廣結賓客，並說服無子而備受寵幸的太子妃——華陽夫人，認他做乾兒子，以後就可變成嫡嗣。

呂不韋在邯鄲又娶一名姣好善舞的趙女，當她與呂不韋有了「結晶」後，呂氏就將她獻給子楚，而十三個月才生下始皇帝嬴政，所以子楚一點也沒有起疑。

後來子楚果然登上王位，可是即位三年就死了。

這時候的秦始皇才十三歲，靠著呂氏的幫助，逐漸統一天下，而稱呂氏為「仲父」（等於爸爸，但次一級的意思），呂氏也沒有把事情的真相告訴他。

雖貴為太后，確難奈長夜的寂寥，又找上呂不韋。

呂不韋實在又驚又怕，一來怕侍奉太后不好，她會洩漏實情，而遭致殺身之禍。二來又因始皇愈來愈大，也懂得很多，兩人實在不能長此下去；然而太后淫行不止，怎肯放他干休？

於是他想出個妙計，遍尋天下奇男子，而發掘了嫪毒，呂不韋為介紹他讓太后知道，特地舉辦盛大宴會，酒酣之際，命樂聲急奏，引出嫪毒來，讓他表演前所未見的娛興節目——用陽器頂住馬車桐輪而行。

眾人訝羨不已，而這消息就傳到太后耳裡，貪婪的太后，大是垂涎。果然就要取得這位猛士，而願放棄呂不韋了——正是成功的移花接木之計。

於是，呂不韋令人假裝去密告，說嫪毒觸犯應處宮刑的罪，所以就「依法懲制之」，而卻只拔掉他的鬚眉，嫪毒因此輕易地入宮服侍太后。

有這樣勇猛的壯士，可真讓太后樂不思蜀！所有大小事情，都全聽嫪毒的意見，然後再由太后間接的授予始皇去辦，天下大權，儼然已旁落到嫪毒的手上。

可是問題來了，身為寡婦的太后，竟懷孕！於是詐說巫者告以要避節氣，人才會平安。所以徙於居雍宮，生下第一胎私生子。

就這樣通情九年之久，共生下二個兒子。可是，再怎麼密的罈子，還是會通

氣，而這氣就是嫪毒自己放的。

話說嫪毒表面只是服侍太后的一位卑微的宦官罷了，然而家僮竟達數千人，要求得一官半職的人，非先到嫪毒那裡當「舍人」（食客）不成。

所以，嫪毒也就愈發地放肆，一個卑賤的宦官，竟然有如此龐大的家產與權勢，已足以讓人生疑了。

有一次他自己還洩漏口風：一天，他跟公卿貴臣賭博喝酒，喝得醉醺醺時，與其中一位大臣發生口角而大打出手，也誠所謂「酒氣增膽壯」嫪毒竟罵他說：「我乃是堂堂皇帝的假父，你這賤門小子，也敢跟我打鬥！」

這一年正是始皇九年，始皇也已二十二歲了。終於，有人來密告嫪毒並非真正的宦官，而且與太后穢亂後宮，還生下二個孩子，現在正打算要謀害秦王，讓自己的兒子為嗣繼者。

而另一面，當嫪毒話一說溜了嘴，人也已半醒。返家後，思前顧後，於是偽製秦王和太后的玉璽，發動縣卒衛士，意欲攻下蘄年官當基地。

見機較早的秦王政，也立刻遣將率兵抵抗，大戰於咸陽。烏合之眾的嫪毒軍隊，立時潰不成軍，嫪毒逃走，卻被捉回來，將他斬首車裂，並滅其親黨。

又找到太后親生的私生子，命人用囊袋裝起來，活活的把他們摔死。而遷太后於雍宮（一說咸陽宮），再也不想見這丟人現眼的母親，好不容易經過說客的疏通，才又把太后迎回都城咸陽南宮中，這位羞慚交加的太后度過幾年鬱鬱不得意的日子，就去世了。

至於始作俑者的呂不韋，秦王恐他也將生變，於是遷不韋於蜀——等於被放逐到西南夷。

平日養尊處優的呂不韋，怎堪忍受如此極端的待遇？又恐怕皇帝心意突然更改，下令殺掉他，乾脆自己喝下酖酒，留個全屍——一代大企業政治家，就這樣蒙上不潔的名聲，長離人世。

包括前面已敘述的美人，在此我們再試舉一、二例：

趙飛燕與趙合德姊妹

有關此二人的記述：

姊姊飛燕是細瘦型美人的代表，妹妹合德是豐艷美人代表，兩人同為成帝的

皇后以及愛妃。這些我們在上文都已說過，現在就來說說她們姐妹兩人的家世和情史。

姐妹二人同為樂師馮方金的女兒，至於何以姓趙不姓馮，無從知曉。最初飛燕的家，窮得連三餐都不繼，因此她出生後，便被棄置在路旁，任她號泣餓死。

可是說也奇怪，被丟棄路旁三天的飛燕，不僅沒死，哭的聲音更響亮，母親看不過去，才又收養了她。或許是幼兒營養不良，才造就她那身輕如燕的體態吧！

過不久，飛燕的母親又懷孕，仍是生個女兒，想來或是天意，就不再丟棄她了。自此以後，家計負擔更重，所以，他們的父親不久便因操勞而死。

其父死後，幼齡的姐妹相攜到長安，寄食於親戚家，仍過著赤貧的生活。姐妹實在不能忍受這種折磨。有一次，河陽的大戶人家，招求歌舞女侍，兩人便被選上。

飛燕酷愛歌舞，她那燕般輕靈的身材，跳起舞來煞是好看，主人因而將她改名字為「飛燕」。

有一天，正巧成帝微服出巡，看到飛燕的歌舞大為愛賞，就帶她進宮，大肆

幸寵。

飛燕也並未忘記同生共苦的妹妹，便請求成帝，於是其妹合德也被宣召，進入後宮。

而姊妹入宮之前，這樣的美人胚子，也早有人傾慕憐愛著的。

在她們所投靠親戚家的隔鄰，一位青年獵人和飛燕已是熱戀中的情侶了。

聽說，在一個長安寒冷的冬夜裏，他們在屋外的雪中幽會時，熱情的男女，互相依偎著。

當擁抱著飛燕的這位青年，對於她肌膚的過於溫暖，實在感到驚訝！甚至還懷疑她是否真為人類。

由此可知，她大概是一位，具有特殊體質的女尤物。

被召入後宮的飛燕，初次躺在龍床時，身體不停地顫抖，眼淚也簌簌流下，一副無限嬌羞態，令人愛憐之至。

這種情形持續了三夜之久，成帝亦完全沉迷於她那種純情無垢的姿態。

嫉妒的嬪妃們，聽到這消息——自然是成帝透露的。因此聯名上奏說：「看她一副妖媚的樣子，必早已是此間的能手，不過是做作處女之態，引發皇上的愛

憐罷了，難道不正是這樣嗎？」

但是成帝一概不予採信。更加上飛燕她那滑潤的肌膚，令人感到骨頭似有還無，真是名符其實的柔若無骨。

就靠著這樣柔軟的身體，和偽裝矜持的態度，成帝甚至常常對那些嬪妃反激道：「她才不和你們這些『老婦人』一樣。」

而這種情形，也不能老是這樣毫無進展，所以最後還是實行了男女之禮。

其後不久，飛燕就哀怨地說：「龍體豪壯，妾因此受傷。」所以成帝是更加愛憐。

據史書上的記載，成帝平日看來就非常結實強壯，所以飛燕這一說，其實也不全為虛假。

當然，這也可能是飛燕故作矯情假態的話。

自古以來，傾國美女之中，在先天條件上，有像飛燕這樣的例子很多。或許這種性格，正是這類女性，所必須具備的資格，也說不定。

此外，又根據另一種說法：

據說她對彭祖流傳下來的房中術有所研究，為此，成帝變得非常需要她。

所謂「彭祖」，傳說是五帝其中的一帝——顓頊的玄孫。

他曾經不斷精研長生不老術及房中術，至殷代末期，年歲雖已高達七百六十七歲，卻還元氣十足。

據說還透過「仙女」，傳授殷王長生之術，所以被認為是中國房中術的始祖。

成帝正熱愛飛燕之時，適巧發生一件事——在成帝為太子時，寵幸大司馬車騎將軍平恩侯許嘉的女兒許妃。

登基後，便冊立許妃為后，大見愛寵，後宮女子難得御見，可是許后生下的子女都養不活，而西漢末年，災異頻繁，公卿大臣，都歸咎於椒房不飾的結果。因此，母儀天下的皇后便承擔最大的責任。耳根軟的成帝，聽了大臣的話，對許后的熱度大為減卻，而後宮的新愛也逐漸增多。

這時許后的姐姐平安剛侯夫人許謁心生不平，便教許后懷挾媚道，並詛咒有身孕的宮人。不料事機敗露，許謁被殺，許后也被廢，而改立飛燕為皇后。

但這種事，本千篇一律，日子一久，就稍感乏味，於是成帝漸將注意力轉移到妹妹合德的身上。

不久即晉封合德以昭儀之位，賜居昭陽宮。

若以朝臣的地位論，昭儀就是位比丞相，爵比諸侯。至於昭陽宮，更是用黃金、白玉、明珠、翠羽裝飾而成的，所以，對合德可說是相當的優遇了。

有關合德的媚術，也是超人一等，就誠如成帝所說的：

「朕願老於這溫柔之鄉，當年武帝所望的仙鄉(白雲鄉)，又怎堪與之比擬。」

從這些話語中，想必讀者就能想像得到一二了。

雖然飛燕貴為皇后，但能否生下一個皇子，這對她將來的地位，有著重大的影響，否則勢必重蹈許后的覆轍。

故而，為了早生皇子，鞏固地位，再加上成帝對她愛意已減，不消說，她就從男侍中，挑選出適當的人選，開始與他們私通。

飛燕這種行為，可說是：因成帝正迷戀其妹合德，所引發的一種輕佻浪蕩，穢亂不貞的行為。

至於飛燕私通的方法，是將那些男侍換上女裝，然後用車子，讓他們出入宮中。在中國古史《春秋》上，已有這種類似的方式的記載。

可見不論時代先後，其方法，則古今如一。

至於妹妹合德，若論起她的情形，大部份與她姐姐一樣——也是相當地楊花

水性。

據說有一次，妹妹偷偷將姐姐飛燕的一位情人，名叫燕赤鳳的宮奴，引進宮來……。

等「辦完事情」之後，卻不巧被飛燕撞見，兩姐妹就因此大打出手。

不論是感情多好的姐妹，一鬧到這種地步，就不是那麼簡單可以息事的。

爭吵一陣之後，妹妹合德就伏地哭泣著說：「姐姐，發生這種事情，實在是沒有辦法的啊！

但是，請姐姐想想從前，我倆不也曾經有過因深夜風寒而相擁對方發抖的身體，才能安然入睡的事嗎？在貧寒的時候，我們姐妹多麼地和好，如今一旦富貴了，卻為爭奪地位和滿足慾望，而大打出手。這是教人多傷心的事啊！」

經合德這麼一說，二人感極而泣，就互相握手言和。

當皇帝對飛燕的寵愛開始衰減時，逐漸著急的飛燕，也就計畫著挽回皇帝之愛的策略：

在她生日宴會的席上，飛燕對著皇帝忽然流下淚來。

皇上就問道：「在妳這樣值得高興的吉日中哭泣，到底是所為何來？」

飛燕即哀哀泣訴地說：「在以前，當我剛受寵幸時，皇上從沒有對其他嬪妃加以理睬，但如今，又是怎樣的情形？撫今追昔，讓人眼淚忍不住掉了下來！」

這種眼淚攻勢，牽動起皇帝的懷舊之情，於是又回到飛燕的身邊。

之後過了三個月，飛燕佯稱懷孕，而上奏皇帝。皇帝非常高興，甚至命令準備舉子的儀式。另一方面，飛燕則避居靜室「待產」，然後暗令宮人，向民間收買嬰兒，以帶入宮中。

可恨的是！當包袱打開一看，嬰兒早因窒息而死了。

只好又另購別家的嬰兒。然而這次，到了宮門卻大聲哭叫，又沒辦法偷渡入宮。

最後，只好告以流產不了了之。

沒想到的是，性情並「不似」賈南風那般惡劣的飛燕和合德，竟然也會做出謀殺其他後宮美人所生的孩子，或假藉誣告的罪名，殺死談論她們私通事情的人。

而關於毒殺皇子的事情，有一次竟然成帝也共同參與，說來可真讓人不敢相信！

話說成帝言願意老死於合德這樣的溫柔鄉中，於是合德計上心頭，便嬌嗔著

對皇上說：

「既然如此，就不能再染指其他的宮人，只要我們姐妹倆服侍您就夠了！」

成帝自然也滿口地答應。

風流的皇帝，終是無法忍受這種單調的生活，仍是要找尋刺激。就這樣，許美人有身了，歷十一個月才產下皇子，成帝高興的不得了，特命使者送補藥過去。

合德知道這事後，當成帝又來求歡時，合德說：

「陛下常騙我，不是從后宮來，就是剛辦完公事，馬上就來我這兒。那麼那許美人的兒子，又是打從那兒冒出來的？陛下打算怎麼辦嘛！陛下不再愛我們姐妹，你愛的原來是許美人，陛下要立她當皇后，我不想活了！」

怨恨得捶胸頓足，拿頭去撞壁碰柱，東西摔的破亂不堪，更從高床上摔到地下，哭著要絕食不吃晚飯。

成帝實在拿她沒辦法，說道：「我愛你，才特意告訴你這事，要你加油，你偏生那麼大的氣。」自己也不吃飯了。

昭儀說：「陛下自知沒錯，為何也不吃飯？我們這種不下蛋的母雞才自知罪大惡極，以死謝罪。陛下常親口說的海誓山盟，再拿去跟美人說吧！我們這種人

是不配受陛下愛寵的，只恨我們姐妹太傻，整天就抱著這些永恆的誓言，願與陛下常相廝守，如今……如今……！」

「哎呀！我已說過立趙氏為第一，使天下人再無居於趙氏之上的人，你又怎麼不相信！」

「那孩子怎麼辦？到頭來還不是登基嗣立。」

「算了吧！」成帝道，於是命使者以葦篋提皇子過來，把門戶關緊……。不久，再命使者提箱子裡的「東西」去埋掉——皇子竟被親生父王害死。

至於兩姐妹的下場又如何呢？如眾所周知的，惡人必有惡報——且說飛燕兩姐妹專寵了十六年，仍無一男半女，在沒辦法之下，只好挑選諸侯王之子——定陶王上京冊立為太子。

定陶王之所以能立為太子，自然也是兩姐妹的大功。可惜好景不長，物極必反。

隔年春天的一個晚上，成帝忙完公事之後，便往宿趙昭儀的昭陽宮，一宿無話，隔天早上，成帝起坐床沿，站起身來準備穿衣，竟然衣服掉落在地，口不能言……。

昭儀大是驚慌，連命御醫趕到，也是徒然，只隔十刻鐘，成帝就沒氣了。

宮廷立刻撞鐘集議，消息馬上傳播開來，人民都感到訝異——怎一個好端端的君王，突然就暴斃？

於是由丞相、御史、廷尉治問，掖庭令輔等人侍候皇上的經過。不堪千夫所指，萬口所論的趙昭儀，也在緊張失措的心態下，自殺以謝國人。而關於合德生前謀害皇子，殺戮宮嬪的罪狀，也一一被調查清楚，這事自然也牽連到趙后飛燕。

頓時舉國譁然，而有「燕啄皇孫」的童謠產生：「燕燕尾涎涎，張公子，時相見。木門倉琅根，燕飛來，啄皇孫。皇孫死，燕啄矢。」

大意是以有光澤亮麗的燕子比喻趙飛燕，因成帝出遊時，常自稱富平侯張秋家人，所以喻成帝為張公子，倉琅根則是指宮門的銅環。也就是說漂亮的飛燕，被微行的成帝看上，從貧賤的寒門，進入深宮後院，因啄死皇孫，自蹈法網。

然而，因念在飛燕有幫助定陶王立為太子的恩惠，最後只將她廢為庶人。當日，飛燕即自己了結其罪惡的一生。

據史書所記，在西漢末年災異頻仍，曾這樣的記載：「時值夏四月，天空無

雲而大雷霹靂，流星如雨，四處飛竄。」

發生這樣的天災、異變，所以成帝召集群臣諮議。

其中有篇奏文便說：「這是由於政綱紊亂的緣故，必須矯正後宮的政務，制止趙氏姐妹等的嬌慢。並且停止微服出巡，以及輕率地在臣妾家中飲食等不當之舉。此外，更要中止宮中靡爛的宴會。」

其中最特殊的是有一名叫谷永的人，他確是個敢言的大臣，也說明災異的原因，前後所上四十餘事，全是攻擊皇帝的不是與後宮紊亂而已，我們在此節錄一段，好讓讀者們聞一以知十，舉一而反三：

「……禍起細微，姦生所易，願陛正君臣之義，無後與群小娃黷燕飲。中黃門後庭，素驕慢不謹，嘗以醉失臣禮者，悉出勿留。勤三綱之嚴，修後宮之政，抑遠驕妒之寵，崇近婉順之行。加悉失志之人，懷柔怨恨之心，保至尊之重，重帝王之威。

朝觀法出而後駕，陳兵清道而後行，無復輕身獨出，飲食臣妾之家。

三者既除，內亂之路塞矣。……。」

所以，自西漢以下，從魏晉南北朝開始，對後宮就有所管理節制。

歷史的翻版——賈南風

賈南風不但是醜女，而且是惡女的代表，甚至也是淫女的代表。

身為西晉昏庸皇帝——惠帝皇后的她，卻也誘拐美少年，而以淫亂之行為樂。

這是記載於晉書后妃列傳的事實。其誘拐法是：

首先派遣可信任的年老心腹，到天下各地，通街大衢上，用甜言蜜語，誘拐美少年，或者是故作可憐狀，以引起同情。

等誘拐上手，便讓他坐上一輛帷簾四閉的馬車。然後偷偷將其載往某一宅邸中，將其禁閉於一室，以待賈后前來和他飲酒作樂。事成之後，為保守秘密，多被殺害滅口。如果，美少年識破她的身分，或知道她的秘密，那就更不用說了。

曾有一位捕盜的小吏，生得端正貌美，十足是個美少年。有一天在道上遇到一位老太婆。這位老太婆對他說：

「我家中有個病人，依相命先生的指示，只要有洛南道上的一位少年，到我家暫住鎮邪的話，怪病立可痊癒。因此，想請你行行好，可以嗎？」

少年隨口答應。

於是，就帶他坐上無窗密閉的馬車，來到一座壯麗的宅邸前。

美少年問說這是何處？

只聽老太婆答說：「這是天國。」

接著他就被催促入浴更衣。而後，被帶到一位婦人之前。

他定眼一看，屋內擺設著從未見過的山珍海味。於是與婦人共同進食，繼而被引誘一同上床。事成後，要送他回家時，還贈賜金錢和衣物。

然後，再乘密閉馬車離開。回家後，他將受贈的衣服拿給別人看時，有見識的人馬上一眼認出是皇宮大內所有，忠告他說：

「這會不會是賈皇后的東西？你說說她到底長的怎麼樣？」

美少年說：「她是一位看來就很精明的中年婦人，大約三十五、六歲，身材短小，膚色青黑，最大的特徵，便是眉下有個疤。」

老成的人說道：「這就沒錯了，你要小心，以後別再亂說話，若消息洩露出去，是會被殺的。」自此以後，他再也不敢亂說了。

也正是因這一個小吏，生得太俊美，賈后實在不忍心下毒手。

以上，大致是是皇后誘拐法的情形。

又後來，宋代神宗時候的大臣章惇，聽說也經驗到同樣的事。

當時，王安石提倡新法的革新派，與編修《資治通鑑》的大臣司馬光等人為中堅份子的舊黨，正處於保守對革新的針鋒相對局面。

章惇最初是一位博學善文，頗有氣節的政治家，王安石知道他的才能，而加以提拔，後來也成為宰相。

當他年輕時，為參加科舉考試而來到京城時，他那美男子的風貌，就曾經被某一位貴族的婦人看上。而進一步去勾引他，同歡做樂。據說是這樣子的：

當章惇應試完畢，趁著黃昏時刻，在市中散步時，遇到一隊隨從眾多的轎輿行列。

當他正眺望那轎輿時，發現裡面坐著一位華麗的美人，正頻頻朝他大送秋波。

章惇——像是失了魂一般，也就信步隨著轎輿走去。天色漸暗，而在轎裡婦人「好心」的勸誘之下，章惇就與婦人同乘一轎。

後來，車隊進入一座好像不是平常人家的大宅邸。僕人們直接把轎輿抬到屋宇的深院。當章惇走出轎外，張眼看四周的佈置，真宛如天國一般。

過了片刻，剛才的那位婦人又盛裝而出，接著也擺出了如山的佳餚。

「這裏是何處呢？」章惇問道，但婦人卻笑而不答。

當天晚上，自不待言地——章惇與這位美人，享盡了一夜之歡。隔晨，又繼續受到美麗婦女們，無微不致的「招待」。

所有的女性都是只應天上有的漂亮美女，所以，他也遍嘗無限消魂的滋味。

黃昏時分，來了一位年紀稍長的婦人，對他說道：

「看你的面相，將來必定可以大富大貴，而現在卻處在這種境域，實在很可惜！哎！還是讓我幫助你，剪除這個禍害吧……。」

聞言大驚的章惇，禁不住好奇地問她原因。

婦人悠悠地說：「我家主人，是朝中富貴的高宦，雖然他有許多愛妾，卻苦於無子因而生了病。

所以，他就設計，從外而誘拐來美少年，讓他的愛妾和他交合，懷孕生子。

事成之後，再把這位少年，殺掉滅口。所以再過數日後，你的命運……。你若想要這樣逃走，是不可能成功的，因為這裡戒備太森嚴了！」

章惇驚慌的說：「……這……這……這我該怎麼辦？……。」

婦人答道：「這裏有幾件婦人的衣物，你拿去穿，伺機而逃吧！至於能不能成功，就看你的運氣，不過我仍是會幫你一點忙。」

第二天早上，好不容易，才在這位婦人的引導下，逃出這個美麗的地獄。

貴為宰相的人，年少時竟然有這樣的經驗，恐怕是少之又少。

然而，或許也正因有這種經歷，所以才會盡全力於矯治改革天下的政道。人類做事的動機，有些時候，往往是發自非常單純的事物上。

有關后妃情慾的記述，除以上所談的之外，尚有許許多多。

在中國這樣長遠的歷史上，不時會發生令人驚奇的怪事，例如：我們前面講到山陰公主的哥哥，幫她挑選面首，至少這是有兄妹關係，還不算怎麼稀奇。

更有甚於此的是，北朝的帝王竟有公然地讓寡婦擁有數十名男妾的「美談」。

又有像北魏代，以僧出身的宣武帝靈皇后，她的手段可真是前所未有，獨創一格。在上文說到「狩獵」一辭，靈皇后的方法可真是名符其實的「狩獵」！

因為她是弓箭能手，體力特別旺盛，於是就善用其體力，到處追捕美少年。

這些故事，雖比不上西太后或武則天的艷史，但卻也是不可或缺的故事，所以我們也就簡述於此。

第五章 幼帝、幼后的婚姻

古代專制皇帝的工作當中，最重要的一件事，就是要及時預備好一位牢靠的繼承者。

當然，這一位繼承人大致而言，都是帝王的嫡子，這也是中國自周朝以來即沿用的制度。若帝王缺乏後繼者，則將會產生許許多多有覬覦野心的人，而成為禍亂的根源。

所以當漢文帝，因大臣們敉平呂后族黨之亂，剛從代地入京，踐祚為帝時，群臣便建議他早立太子，以告宗廟，以安天下。

又如漢武帝自太子自殺身死後一直沒有再立太子，所以守在北地的燕王旦，不久便派遣使者進京，跟武帝說要「歸國入宿衛」——意思就是說：等皇帝老子一死，自己好繼位，武帝一聽大怒，立刻將使者斬首北闕。

但是，對於一個還是稚幼的小孩，就要其過著像扮家家酒般的夫妻生活，並又生個像自己弟弟般的小孩。

諸如這種情況其實也並非自願，而是被迫強制執行，所發生的一些悲喜劇。

首先就從已經敘述過的女性相關人物開始，舉例說明。

西漢武帝臨終時，恐怕年輕的妃子獨處，會造成不可收拾的後果，於是命令

鉤弋夫人自殺。這件事，在前面已有提及。

夫人悲劇性地自殺了。但是，她所生的兒子——昭帝，繼承武帝之位。所以對其母親的悲慘命運，多少也有些補救。

據《宮記》的記載：「武帝思之（鉤弋夫人）為起通靈台於甘泉（宮），常有一青鳥，集台上往來，至宣帝時乃止。」

所謂通靈台，也正是意味著可以感動精靈，而與之相通的一座高台。

又根據「括地志」裡的記載，說武帝殺了夫人之後，尸香一日，當昭帝移陵的時候，尸身不見，只存絲履而已。

而本來武帝只將鉤弋夫人葬於甘泉宮的南邊。到昭帝即位，大築雲陵墓園，並遣三千戶的居民住在那兒，免得夫人寂寞。

父子爭權的悲劇

自古以來，中國皇室的爭權，就是一種很可怕的事件。我們即將要說的，也不過是這麼多悲劇的其中一個罷了。

話說武帝即位多年，陳皇后阿嬌一直沒有一男半女，所以後來即把她廢了。

當武帝二十九歲時，大將軍衛青的姐姐衛子夫，為武帝產下第一胎麟兒，武帝很高興，也就立她為皇后，並為這個寶貝皇子舉行告天儀式，並建造一座求子神廟。

自小時候起就給他請最好的老師，受最好的教育，當他七歲的時候，被立為皇太子，即我們慣稱的戾太子。

戾太子二十歲行冠禮之後，住進東宮，武帝並且為他蓋一座「博望苑」，也就是要他廣博見聞的意思。

不久戾太子就娶太子妃史良娣，並生下一個兒子史皇孫。（史皇孫後來也生有一子，就是漢宣帝。）可惜，當武帝晚年，衛皇后又色衰愛弛了。

朝臣中有一個名叫江充的大臣，辦事能力極強，武帝也很信任他。

有一次，他見到太子坐騎，竟敢奔行馳道之上。一般馳道，只有帝王的車能夠駕行，連太子也是不可以走的。

江充便報告武帝，任太子如何求情也不理會。武帝不僅責備太子一頓，並沒收車馬，以示懲戒，所以太子和江充就因此結怨。

江充此時也想到，一旦武帝駕崩，自己不也完了？江充又奏了太子一本，說太子忌恨，因此擅使「巫蠱」之法，以詛咒聖上。

當時武帝年歲已大，常常生病，對於這種事，特別忌諱，聞言大怒，下令江充徹查，自己就住到甘泉宮避暑。

所謂「巫蠱」是指以巫術蠱惑人的精魄，使他魂不守舍，慢慢死去的意思。其方法就是用梧桐木製成偶人。然後用針穿刺要害，並在偶人背面書寫所要謀害之人的名字，然後再埋於土中，即大功告成。

江充於是帶領軍士，到東宮搜查木偶，結果真的被他挖到了。當然就要捉捕太子。

在此之前，因為「巫蠱」的事，已有成千上百的人被誅殺，太子心想如今一去，定會沒命，立即進入未央宮稟報太后，而發動賓客家丁，斬殺江充。並燒殺製作木偶的胡巫於上林苑。

頓時宮中大亂。此時丞相聞報，以為太子造反，而來迎擊太子。

而避署甘泉宮的武帝也得到消息，想到自古就有勒斃親父，或幽禁父親，而將他餓死的例子。想不到如今他竟也出了個不孝子。

立刻飛騎調兵，幫助丞相，只是烏合之眾的太子，自然一下子就潰不成軍。兵敗的太子潛逃到邊遠的湘縣，藏匿於一個窮困的民家。衛皇后也因此而自殺。

事後經武帝一番調查，發現原是江充一手造成，於是派人四處尋找太子。而太子因有個賓客在湖縣，所以就請人去找他來，事機不密，讓縣府知道，於是立刻圍捕太子交差，地方小官也不知道找太子是好事或壞事，總之是在自己轄區，就一定要抓。

太子見到官兵圍捕，反正回去也是一死，倒不如自己了結，於是上吊自盡。

皇室中的父子關係，由於隔有一道政治藩籬，使得父子之親，也淡薄許多。可憐的衛皇后、戾太子、史良娣、史皇孫，就這樣在政治鬥爭下，喪失生命。

用歡喜佛性教育

且說，昭帝即位時，年僅八歲，這麼小就當上皇帝，也是沒辦法的事。這一幕後宮深苑的家庭大暴動，對他而言，既是幸也是不幸。

幸的是年紀這麼小，就當上人人欽羨而不可得的帝位。不幸的是，這不僅使他失去歡樂的童年，更為他帶來早夭的命運。

自昭帝即位後，替幼帝選配皇后，也成為國家最重要的大事。

在重臣建議下，挑選上年僅六歲的幼女——上官氏。

這位上官皇后，祖父叫上官桀，也是輔佐昭帝的大臣之一，不過對權力較霍光小。

他的兒子上官安，娶霍光的女兒，才生下上官皇后。上官桀的權力慾很強，早就設計好將他的孫女匹配給昭帝，以獲取更高的權力，所以昭帝的婚姻，還有一層鮮為人知的政治內幕。

八歲的丈夫娶六歲的妻子，再怎麼想，也都像是在辦家家酒。

但是，既已經在國家大典上向天宣誓，報告祖先而成了婚，即使是幼兒，也是名正言順的皇帝、皇后——正式的夫妻。

因此，行使人類共通的夫妻之道——敦倫之禮，也就勢在必行了。

只是，要如何教導他們有關這一方面的知識？實在是個麻煩的問題。

有關昭帝的資料留存不多，所以關於此點，我們只好以跨越時空的辦法，舉

後世也有相似情形的清朝幼帝為例加以說明，然後再補充一點相關的證據，予以推測。

年幼的皇子，是在後宮養育長成的。

後宮這地方，如眾所周知的，除皇帝及中性的宦官外，全是女性所處的都城。所以，每個皇子都是一樣，所謂「生於深宮之中，長於婦人之手」。

清朝在初奪政權時，仍不失其滿州族的「野性美」，即使是皇后，也有彎弓射箭，手格猛獸的能力。

不過，以後逐漸地安於太平之世，後宮也變成了「逸樂之園」。

對於皇子們的教養，雍正皇帝是特地遣派非常嚴格的師保加以督導，所以這些皇子們還算是不錯的。但是，仍然沿襲著自古以來不佳的風氣：宮女、宦官們，不是競爭皇帝的寵幸，就是沉迷在一些無聊的遊樂中。

講完旁枝末節，我們就進入主題：

自元朝以來，喇嘛教逐漸為人所知，勢力之大，一度還成為國教。

在喇嘛教中，有一個祕佛叫「歡喜佛」。歡喜佛的形貌不一，全憑製作者的想像構思，所設計出的均是有關性交的方式。

這些大大小小，各式各樣，青銅製的佛像，為博物館、宗教研究家、骨董商等所珍藏。如今簡言之，這就是一尊人獸相姦的佛像。

這些些佛像傳入後宮後，便成宮女們的玩賞物。

宦官、宮女們，就把它當成性教育的器材。讓年幼的皇子們撫摸、按摩，猶如身歷其境般，非常愉快地教他們男女交歡之道。

曾有人慨嘆道，後宮的宦官與歇斯底里的宮女們，把唯一的男性——皇子，當作他們的慰籍，使他墮落、沉淪，以致於發育不良。

由此看來，這似乎是相當嚴重的情形。

在此，再回述前面的昭帝。

關於昭帝的性教育，據推測，應與昭帝的奶媽有關係。每個皇太子出生後，都要為其選個身強力壯，奶水充足的乳母，且這乳母是終身職的。

雖然皇太子長大後，不需要餵奶，但仍要在身邊侍候著他，一旦皇太子登上帝位，這個奶媽家族，也將因而榮華富貴，享用不盡。

如《史記》「滑稽列傳」記載，武帝奶媽的家族恃寵而驕，常常惹事生非。

《漢書》「丙吉傳」記載，剛出生的宣帝，因為年輕的祖父戾太子事件的關係，

出生後就在監獄。丙吉也為宣帝找尋乳母，以照顧這多病的嬰兒，後來這位宣帝的奶媽，也享盡富貴。

另外，某書說小皇帝結婚前，都要挑選一位宮女，來做試驗品，而就由他的奶媽在旁指導。並說明一些要特別注意的事項，讓小皇帝知道，有了事前的見習，婚後才好辦。

至於昭帝，大概也用這辦法吧！畢竟那時候，歡喜佛還沒傳過來呢！

雖然昭帝年幼之身，就已結婚，但卻生性聰明。據史書記載，他出生的時候就有了異徵——鉤弋夫人懷胎十四個月才生下他。

當昭帝十四歲的時候，皇后的親黨上官氏一派，對從昭帝幼年開始，就輔政的攝政大臣霍光進讒言之際，他能力排眾議，不受左右——

由於早在武帝臨終前，就命人畫一幅「周公背負成王」的圖給霍光，這事昭帝也知道，所以，儘管上官桀串通武帝大女兒——鄂邑公主，和守在北地的燕王旦，卻也不如霍光那麼讓昭帝寵幸。

有一天，他就假造一份燕王上書，說霍光舉行閱兵典禮，竟敢在道上稱「蹕」（是皇帝專用的字眼，禁止行人之意）。

並又任意調動官職，專斷獨裁，恐將不利聖上。趁霍光不在宮中時，派人投遞給昭帝。

結果昭帝一點也不相信，說：「這都是最近才發生的事情，遠在北方的燕王如何得知？而且霍光如果要造反，只要把我剔除掉就可以，又何必勞師動眾？傳令下去立刻追捕上書的人。」

這種靈敏的判斷力，使得臣下們大驚失色。又因為追捕急迫，還是上官桀說情，告訴昭帝，這不過是小事一件，不必窮究，才躲過一劫。

而因武帝征戰，所產生的國家財政赤字，在霍光協助之下，全力整頓，也維持了前漢的隆盛。

但是，這個神童皇帝，只在位十三年，就去世了。

這是幼年結婚，而本人堅定可靠頗有主見，不因外力而受影響的一個例子。

而年方十九歲的上官皇后，也變成上官皇太后。

遺下這麼一位年輕的未亡人，日後總難免會形成後宮動亂的根源，所幸的是上官太后還不致太不明理。

《資治通鑑》的主要編修召集人——司馬光（一〇一九～八六）就曾說道：

「往昔，進入後宮的公卿大夫之女，年齡都在十二、三歲以下，然後由御醫嚴格檢查身體，看是否為處女等等手續。近來，這個制度已逐漸廢除了。」

他敘述說，古代的皇后是比較喜歡讓幼女來充任的。

不過這批幼女進宮，也並非立即就能成為寵姬愛妃，還須要經過一段時間的儀節訓練，甚至得充任妃嬪們的侍女，等「媳婦熬成婆」，才有出頭的好日子過。

幼帝幼后結婚的實例

在古代，本來就較看重幼女，所以，幼女入宮的實例不少。

前文所述美人系譜的項目中，曾提到後漢沖帝的母親——虞美人。

她十三歲就入後宮，與她前後的后妃們，大多也是同樣年齡，就進入後宮。

最年長的一位叫光烈陰皇后，她是十八歲。

若從一般標準年齡看來，她已屬「半老徐娘」。

另外，幾乎無人不知誰人不曉的晉宋間許多偉大藝術家——如書法名家有王羲之；詩人有陶淵明，以及被認為有史以來畫家的第一人顧愷之等等。

在他們所活躍的時代，正值中國文化的一個顛峰時期。

而東晉第二代君主明帝，當他十一歲時納后，十三歲時就生下成帝，當時皇后才年僅十一歲。

這個東晉，以現在的南京為都，總共綿延一百零二年的繁榮國家。

至於北朝的皇帝們，也大多在十三、四歲就結婚。

北朝諸國當中的北魏，是鮮卑拓跋族，其第五代君主獻文帝，十三歲時就生了繼承人孝文帝。這二位皇帝，在位期間，佛像雕刻非常盛行，是中國文化與西域文化交會的時期。

以後，北齊的琅琊王，在十三歲時被殺害，可是那時候，他已生育四名男孩了。

與北齊並列的北周，更發布詔令：男子十五歲，女子十三歲以上，就應該結婚。中國的學者認為這種早婚的習慣，大概從胡俗而來。

當然在中國本土，即中原一帶，是個農耕社會，需要大批的人手，這也與早婚有所關連。這種早婚的風氣，到清朝，也同樣付諸實行。

清朝的皇室典章中，更有明文規定：皇帝年至十四，必納皇后。

所以，在前文所提到的，後宮中對於年幼皇子的性教育，也變成堂而皇之的公然行為。

在漢代，十四、五歲以下的幼帝，有十位。這些幼年登基的小皇帝們還是必須要有皇后。

結婚得早，若是皇帝或諸侯王的壽命長，就會有許多小孩。大多數帝王的兒女平均數目是四、五百人。如玄宗皇帝有男孩三十人，女兒二十九人，這算稀鬆平常。

但是，實際上的平均數目，應該還要更多。

以下並不是虛構故事，而是富於趣味的真實現象。

據一位現在非洲某國充當顧問的專家說，他的駐在國的國王，有數不清的小孩——大概二、三百位之多！一有重大典禮儀式要舉行的時候，孩子們不論男女大小，全用巴士裝載，浩浩蕩蕩地前來參加。

幸好，國王是位英明的國君，所以，過著非常太平的日子。

所以，即使是現代，也有實例存在，足以做為證明。

另外，長命的皇帝中，也有像隨煬帝一樣，越老越喜歡年輕嬪妃的天子。

雖說後宮的嬪妃們，年齡都限在十二、三歲到十四、五歲之間，但是，她們早婚所嫁的「新郎倌」可能已是五、六十歲的老人。

至於，皇帝的體力，也是個問題，開國之初的皇帝，體力都還應付得來，而且一般都較長命。

但是第三代以後，有不少皇帝是十幾歲即位，三十不到就去世。這和幼時就開始荒淫有關。

而最令人頭痛的，莫過於留下來的皇后及嬪妃們。他們正值青春年華的嬌軀，只有託於淒涼寂寞的歲月。

當然她們之中，也有被繼任的皇帝所寵幸的。或打倒前朝的皇帝，也將前朝後宮佳麗一併接收的。

因此，附帶地在這裏談一談，與後宮之例看似不同，而實質卻是一樣，具有「民間社會」性的有趣話題。

典當妻子

這也就是流行於民間，把妻子典當的事件。

盛行於宋、元、明、清時代，而為朝廷加以嚴禁的「典妻」。

雖然這並不能用來證明，妻子是丈夫財產的一部份。但是把妻子當成是典當品，實在令現代人無法想像的古代奇談。

現在就講一個「錯斬崔寧」的故事。這是古代說書人所講的故事，正可以反映當代社會真實的現象。在此只是簡單地把它敘說一下。

話說在宋高宗時代，有一個名叫劉貴的人，因讀書不成而學做生意，不料生意大賠老本，把祖宗的產業都耗光了。

有一次，當他正悶悶不樂時，大太太王氏外家的僕人來跟他說，今天是岳丈的生日，還不快過去。於是就跟王氏匆匆趕去。

臨走之前，跟他的二太太陳二姐說，明晚再回來，要她好好看家。

王氏的父親見劉貴如此落魄，實在不忍心，於是叫王氏別再跟他回去吃「老

本」，暫時留在娘家，並給劉貴十五貫錢，要他回去開個小店好過活。

謝了丈人回家的劉貴，心裡實在高興得很，且因酒醉直到深夜才到家。

小娘子二姐開了門，讓他進來，見他吃得醉醺醺的，手上又捏著一袋錢，便問他錢從那裏來的。

劉貴要嚇唬她，便說：「我一時沒奈何，過不了活，就把你典給一個客人，因為還捨不得你，所以才典十五貫錢，若將來翻本，再加利贖回來，若還是像往常一樣不順當，只得罷了！」

二姐又問他：「那麼你又到那兒吃花酒了？」

「拿了人的錢，跟他訂了契約，當然也吃他的酒！」劉貴道。

說罷，心裡還暗自得意戲演得成功，也不脫衣就上床了。

二姐想：「既將我賣，總也得跟我家父母說一聲，如今不聲不響地，叫我父母以後如何找人？」於是收拾包袱自己親自回去了。

就在這晚，一個小偷見門沒栓上，進來要偷劉貴的錢，被劉貴發覺，經過一番搏鬥，就用斧頭把劉貴劈了。

且說二姐走不到幾里，腳又疼，心又慌，剛好遇到個做生意的年輕人，背上

馱著一個包袱。見二姐可憐，又剛好歸途一樣，就陪她走一程。

這年輕人就叫崔寧。

結果一大早，劉貴被人發現死在房裡，他的錢不見了，連陳二姐也找不到，官府立刻趕到，並緝捕陳二姐和崔寧，正好崔寧的包袱也有十五貫錢，於是不分青紅皂白地就把他們二人處死。

當然，這故事尚未結束，我們就不說了。而由以上的故事內容，我們益發可證明，典當妻子，在當時的民間是如何「風行」。

皇帝妃嬪指名法

在酒吧裡，美女充其量也只不過數十人，就有「指名法」。

至於所謂「三十六宮、七十二院」，包羅數千百名美女的後宮，若皇帝又沒有「寵愛集於一身」的現象，那麼，假使不清楚的指定當夜的嬪妃要那一位，秩序必然混亂得一團糟。

所以，有關當夜的寵幸指名，就有許許多多的方法。比如西漢元帝的翻閱畫

冊，西晉武帝的羊車巡幸，這在前面都已提及。

現在所要講的是唐玄宗。

玄宗雖熱愛著梅、楊二妃，但偶爾也會不甘寂寞，除直接指名之外，還採取多種的妙方。

每當春天來到，花朵盛開的時期，玄宗就在宮中或花園裡舉行酒宴，並玩賞春花。

點子多的玄宗，就想到要在群妃髮上插上梅花或桃花做成的髮簪。

而後，由皇帝親自放出粉蝶，伺蝴蝶停在某妃所簪插的花上，當夜就賜見寵幸。這就是有名的「蝶幸」。

從此以後，不消說，嬪妃們為引蝴蝶佇留便競相在頭上插滿花朵。

只是不多久，玄宗對這事也興味索然了，況且蝴蝶也不可能四季都有，當然又另外尋求刺激的玩樂。

於是玄宗又創了一個新招：以骰子的雙六來決定勝負。

也就是說，以雙六獲勝的妃子，即被選為當夜陪侍者。

此外，也有用骰子賭錢，贏得最多的妃子，玄宗就指定她。

頓使後宮妃嬪們，在色與慾的刺激下，霎時也變得緊張，活躍起來。

明朝的神宗時，當盛夏到來，神宗便常與嬪妃，同遊於宮中御池，並投擲螢火蟲，而指名螢火蟲停在嬪妃髮簪上的那一位。

偶爾他也會雅興大發，出一道詩題，將題目寫在紅葉上，然後再命嬪妃們作詩來對，而逐次的從階梯上傳遞下來。然後再指名合句的嬪妃。

這些把戲，因它有趣好玩，又能疏解宮人寂寞的芳心，所以在後宮中，頗為盛行。「法術人人會變」，至於巧妙，則成乎一心了。

在這些指名法之外，再談談清朝帝王臨幸妃嬪的方式。

這是由清帝直接翻閱三宮六院的嬪妃名牌（即是綉頭牌）指名的。

在王昭君的史話中，我們知道，有以畫冊指名的例子。而清帝的指名法，就跟這個辦法大致相同。

但像這種指名法，一些宮人也會有些微辭，抱怨說運氣不好，總無法蒙受幸寵，所以在下一章，將會提到一種「輪替法」。

另外，關於嬪妃的「休養法」——亦即女性正值月信來臨的時候，當然是不在指名之列。

然而，這在西漢以前，似乎仍未有嚴格的規定，我們可以舉出一個例子做為證明：

漢景帝有一個叫程姬的妃子，生得溫順可愛，景帝跟她生有三個兒子。

有一天，景帝召程姬侍寢，這時程姬適逢月信來，為了不掃景帝的興，就叫她的侍女唐兒，打扮成自己模樣，趁著夜晚，到皇帝的寢殿。

景帝這一晚，因酒醉也未辨清她到底是不是程姬，「辦完事」也就睡著了。隔天醒來，才發現她並非程姬，而唐兒自此一夜交歡後，就懷有身孕，產下長沙定王發，唐兒也從侍女的地位，升為姬人。

由於定王發的母親地位卑微，不受寵愛，而他又是景帝不經意的「產品」，所以就被封到長沙，這個古時候卑濕的窮鄉僻壤。

有一次景帝召命諸子來朝祝壽，並歌舞表演一番，等於家庭式的聚會。

想不到這位長沙定王表演的時候，風度不夠莊嚴，舉止不夠大方，翻袖不夠氣派，一副左支右絀的滑稽樣子，惹的大家都笑起來。

景帝就責備他，怎麼不好好練習一下，聰明的他，想必早有準備，馬上就回答說：「兒臣國小地狹，沒有迴旋的餘地啊！」

所以景帝又多加封他零陵、桂陽、武陵三縣。

由此看來，這時候掖庭的制度，可能還沒有十分健全，才有這種意外事件發生。

到東漢時代，就不一樣了。若有「來潮」的現象，就要將此事告知皇帝。但並不是以口頭送達，而是用象徵的方式：在左手上帶銀戒指或臉頰上塗胭紅。

東漢著名的學者劉熙，有一本著述名叫《釋名》，對於此事就特別提到：「天子諸侯群妾以次進御，有月事者止不御，更不口說，故以丹注面，的的為職，令女史見之。」

而到後世，在雙頰抹胭脂，似乎已成為化粧的一種方法。

至於戒指這東西，我們在此順便告訴各位一個小常識，那就是在上古殷商蒙昧時代，戒指還是具有作息時間表的東西。

第六章　嬪妃在後宮的地位

回教經典──《古蘭經》裡認為，丈夫只要「公平地對待四位妻子」就可以娶四名老婆，以此做附帶條件，而贊同多妻制度。這不但理屈，且對現代女性而言，也是完全忽視人權。

傳說這個教義，本是為限制一些男性富豪們，隨意娶多位妻妾的惡習。

或者也有一說是，由於部落間的爭戰太過激烈，死亡人數遞增，因不忍見到那些戰後未亡人的悲慘命運，才設立的制度。

但是，「一夫多妻制」這種事情的產生理由，在先進國家中，老早已不是問題。

因此，支配著世界上，將近五億人口的《古蘭經》教義，將來會變成怎麼樣的形勢呢？這實在是一件饒富趣味的問題。

不過，在考慮此問題之前，若能夠知道比起信奉「伊斯蘭教」的回教諸國，更擁有長久傳統習慣的古代中國帝王後宮裏，所收容的過剩嬪妃，她們的處境與地位，又是怎麼樣？這對回教諸國而言，將是很好的參考。

中國古代帝王登基後，便正式地冊立正妃──皇后，且為使皇后與其他嬪妃區別起見，自古以來，正妃與群妃之間，在階級上有絕對的差別。

這問題在下文將會提到，而這也是跟《古蘭經》裡的教義不太一樣的。

又皇后地位雖高，卻不見得是最受寵愛，這點要特別注意。

所以從歷史的反面看，這確是一部以男性為中心，「一夫多妻制」的女性殘酷史。

在此習俗中存活的中國婦女，猶如在瞬息之間就千轉萬化的萬花筒，裡面的朵朵奇葩，僅在短暫的時刻中綻放出生命的永恆。

當然，今天的中國，已是嚴格實施男女平等的國家，現在要介紹的，也只是從古代到清代為止的一些史事罷了。

形式上擁有百二十位嬪妃的天子

距今約三千多年前的中國，有一個王朝叫做——周。

周朝的天子，其後宮裏依「規定」，可以擁有一百二十位嬪妃。

這個規定的制度，被認為是制禮作樂的周公所訂定的。

然而這也只不過是揣測之言。根據這項制度，在這一百二十人當中，又分為：

夫人三人，嬪九人，世婦二十七人，女御八十一人。合計一百二十人。

所謂三夫人，就跟朝廷的三公一樣，而九嬪的地位，則同於九卿。世婦的「婦」字是女子手拿掃帚的會意字，也就是做事的意思，這二十七個人，就負責祭祀、賓客、喪禮等宮中一切大事，地位同於大夫。

至於八十一名女御，也就是我們上一篇曾說的「輪替法」——輪流「進御」於王的意思。在此之外的三十九名，則照君王興致「進御」，沒有一定的時間規定。這八十一名女御的地位，就跟士一樣。

這種階級與規定，我們現在還能在周禮、禮記上看到。

不過，自秦漢以降，稍有變動。而到了唐朝，又開始復古，大致也倣效這種一百二十名的規則。

至於皇后，當然另當別論。若以官制地位而言，她自是跟皇帝平等的，所以有人又稱做「敵體」，意味能夠相抗衡的意思。

然而這也只不過說說罷了，畢竟皇后的廢立，還是操諸帝王之手。

所以正確地說來，有「正式」的一百二十一位女性，輪番侍候天子入寢。

在「非規定」之中——除這一百二十一位以外，還有相當多數的「妾」。

因此，天子身邊可能有的女性數目，到底是多少，可能是個未知數。

但是，天子如果在這種情況下，隨意與女性發生關係，恐怕也不是件輕鬆愉快的事。或許，周公為節制天子的精力，所以才制定這辦法。

這乃是後代人推測周公所以制定這律法的原因。

周公本身雖非天子，卻輔佐天子的政權，這全是為協助他的姪兒成帝，鞏固國家基礎的緣故。而他也被認為是儒家中「禮」的始祖。

如今想來，他大概也對後宮女子的問題，大傷腦筋過吧！

當然，有關這制度，歷史學家中，仍有許多不同的說法。

撇開這艱難的學術問題不談，就拿其中有趣的事，分述如下：

首先要談的，就是有關天子與一百二十一位的后妃，他們相處的日程表。

除前面已述的一種外，另有此一說：

「皇后一夕，三夫人共一夕，九嬪共一夕，世婦二十七人三夕，而女御八十一人九夕，合計十五日一循環，並依這種日程，反覆行之。」

但是，對這種說法，有人反駁：「完全是胡說八道！」

若依此日程辦事，皇后一個月，只能與皇帝接觸二次，而夫人三人一夕，一

個月也同樣分配到兩次。這且不論像九嬪、世婦、女御合計有一百十七人之多，而在半月之中的十三個晚上，竟然要全部輪流完畢。

如此算來，必須天子按照每九人一夕的頻率，與她們相處，才能甘霖普降，公允無私。

縱然天子有鐵石般的體力，也不可能應付得了吧！

更何況，自古以來，天子必須祭拜天地、祖宗、社稷與山川，要挪出三天來齋食，並戒慾七天。

如此一來，還能有什麼閒暇與這些群妃們，夜夜耳鬢廝磨呢？

另外，還有一種異說認為：

「這個制度是後代，大致在戰國以後的人，對官制所做的一種理想言論。」

若照此一說，在周代以前的皇帝，大概都是任其所愛，沒有一點規則可循，而且沒有駕御群妃的先例吧。

我們舉出遠古時代，中國人共同認定的老祖宗——黃帝來說一說。

漢民族的始祖——黃帝的妃子

黃帝是中國傳說中的五帝之一，漢民族尊他為共同的祖先。

當辛亥革命，推翻滿清異族，而建立中華民國，上距黃帝計有四千六百零九年，所以也有人稱「黃帝紀元四六〇九年」，這是眾人皆知的。

即使是現代，在中文的書籍中，仍有以黃帝紀元某某年，做為年號記事者。

總之，都是因為這位黃帝制定文字，演算天文曆法，製造舟船，建築宮室，又發明醫療之法，訓練野獸討伐亂軍等等……。

這位漢民族的始祖黃帝，依司馬遷所說，共生有二十五個太子。

又說，娶西陵氏之女——嫘祖為妻，立她為正后，育有二子。

因此，其餘二十三位皇子，就是其他妃子所生。

此外，依據其他說法，黃帝共立有四妃。

在前面所提到的醜女中，容貌醜惡卻具備賢淑德行的女性，叫「嫫母」者，就是黃帝的第四位妃子。

因此，多妻制，應是漢民族自始以來的傳統。

當然，這或許也有後人「託古」的成份在，只是年代緜邈，我們也沒辦法詳加推測了。

被周武王所討滅的妖女妲己之夫——商紂王，以及商朝之前的妖婦末喜之夫——桀王，已如前文所述的，在後宮裏都群集眾多嬪妃，極盡一切淫樂之事。

所以，在周朝之前的上古蒙昧時期，就已有許多後宮納聚群妃的例子。

一次娶十二位妻子的天子

西周滅亡之後，進入春秋戰國時代，君王們一個個娶妻，這雖不是什麼麻煩事，但卻有人簡直如瘋狂一般，一次就娶十二位妻子。

他的情形是，三位夫人與九個嬪妃，一次解決。

以現代的眼光看來：新娘十二人排成一列，新郎一人領頭，一副趾高氣昂的神態……。這有趣的畫面，令人不禁聯想到高級性的諷刺漫畫情節。

不過，這在當時可絲毫不帶一點滑稽色彩哩！而且由此更可以得到證明：它

是一種更廣範地確立男性領導系統的嚴肅儀式。

因此，上行下效，得諸侯們也一次取九妻（一妻、八妾）。

不落人後的卿大夫們，則娶一妻、二妾。

後漢時，有一位極富盛名的歷史學家兼文學家名叫班固，他承章帝詔命，召集學者博士們，一同在宮中白虎殿，研究討論的結果，寫成一部「白虎通義」，裡面即提到，天子娶妻何以要這麼多人的原因。

然而，這都是根據陰陽五行的學說，胡扯一氣。按陰陽學說，乃創始於齊人鄒衍，歷來很多人都相信這一套，連皇帝所建立的國家，以什麼顏色為主？屬於五行的那一德？都靠他這一套來推行。到東漢，由於光武帝非常相信，所以大為盛行。

到了漢末，又有個大文豪，專門為人寫墓誌銘賺取「潤筆費」，他的名字叫蔡邕，他說：

「天子娶十二位女子，是依照一年十二個月的次序；而諸侯娶九位妻子，則依照天下有九州而訂定的。」

跟班固一樣，都是胡說八道！假使一年有二十四個月份，那麼無疑地，豈不

就要娶二十四位妻子了。

在此既然提到蔡邕，就也談談蔡邕和其女兒蔡文姬的事略。讓讀者們知道這對富有文學氣息的父女傳奇。

這一對父女，被認為是五言、七言古體詩的開發者，在中國文學史上，是功不可沒的人物。

蔡邕於後漢末年，被一代梟雄董卓強行錄用，而後董卓被殺，自己也被懷疑，事情的經過是這樣的：

在中平六年，靈帝駕崩。

此時，董卓正擔任司空之職。聽說蔡邕文名甚高，有意召他做幕僚。

蔡邕知道董卓是無惡不做的奸雄，所以稱病不去。

董卓知道後破口大罵道：「我力能抄家滅族，蔡邕膽敢不應召！」

沒辦法的蔡邕，也就投入他的旗下了。

充當董卓幕僚的蔡邕，也並非是個為虎作倀的人。例如其他的謀士，都說應比照周代的太公，封董卓為「尚父」。蔡邕就推說現在不是時候。

有一回地震，董卓問他是什麼原因？

他就答說：「陰盛陽衰，歸因於臣下侵主的現象，車駕應該滅制才是。」

董卓於是改乘蓬頂黑蓋的馬車。可是，董卓這人也實在冥頑不靈，所以有一天，蔡邕偷偷的跟堂弟說：「董卓是不可能成大事的，我想偷偷的跑掉。」

堂弟道：「你的面貌太不平凡了，人家一看就認得出是你，這不是好辦法！」

蔡邕只得再留下來。

當董卓被殺之後，蔡邕在司徒王允的座下，言及此事，並大嘆了一口氣。

王允一見，勃然大怒，認為他心向董卓，便將他收付廷獄治罪，蔡邕因此死於獄中。

但蔡邕的歷史卻被後世胡亂地記載於《三國演義》、《趙貞女蔡二郎》、《琵琶記》等，此類小說中。

在《三國演義》裏，羅貫中寫蔡邕撫董卓之屍慟哭，因而引起司徒王允的疑心，將他處死。

《趙貞女蔡二郎》是一本南宋初的早期戲文，作者不詳。

裡面的內容，是根據北宋以來，就流傳於民間的蔡伯喈故事寫成。另外在元朝陶字儀的「輟耕錄」中，說到全院本的「沖撞引首」，就有蔡伯喈一本。

至於故事情節，則是敘述蔡邕留賢妻趙五娘於雙親之側，自己上京赴試，結果中了高官，卻另娶別妻。當趙五娘的公婆因飢荒餓死後，自己也就上京前來尋夫，而蔡邕竟揮袖不認髮妻。

明人徐謂的南詞敘錄中，宗元舊篇的注文說道：「即舊伯喈棄親背婦，為暴雷震死，里俗妄作也。實為戲文之首。」

大文豪竟被寫成薄情郎，所以，陸游在小舟遊近村捨舟步歸四首之一，就說道：「斜陽古柳趙家莊，負鼓盲翁工作場（表演一種說說唱唱頗類似說書的民俗文學），死後是非誰管得，滿村聽唱蔡中郎。」

而在《琵琶記》裡，作者高明是個「長才碩學，為時名流」的名公。為洗刷伯喈的污名，而書道：

「趙五娘彈琵琶，賺取路費上京，不慎將公婆二人的遺像在寺中失落，而恰巧為蔡邕所拾得，二人終於重逢。

而後，依皇上之命，與新娶之妻三人，過著和樂的生活。」

實際上，蔡邕算是位剛直之士，後世的小說家們，隨意地扭曲形象，這種小說家言，實在難以應付。

至於他的女兒蔡文姬，不僅富於文才，更是一位名音樂家。

她並未看見父親所彈的琴絃斷了，卻能立刻說出：「第二絃斷了！」

蔡邕笑道：「不過偶然得之！」故意又斷一絃。文姬立刻答道：「第四絃又斷了！」蔡邕這才相信她的音樂資賦。

這樣的一位音樂天才，其實她是承襲父親的音樂天份。

當蔡邕在吳地時，聽到吳人正用桐木當柴火在煮飯，桐木在烈火中，發出爆烈的聲音。

蔡邕一聽立刻叫人，取出桐木，而將它裁成一把琴，演奏出的音質，果然不同凡響。

因為這把琴的尾部燒焦了，所以人稱這把琴為「焦尾」。

又有一天，蔡邕的隔鄰正召開酒宴，並請蔡邕一起來賞玩。當蔡邕到達的時候，正聽到有人彈琴，就站在門外傾聽，心裡覺得很奇怪，忖道：「明明是歡樂的酒宴，何以殺機那麼重？」於是趕快回去。

主人聽僕人說蔡邕來了，卻又回去。馬上到他家，蔡邕告訴他這原因。

主人立刻找來彈琴的人，彈琴的人說：「大概是我剛才彈琴時，正好看見堂

前枝椏上一隻螳螂正在捕蟬的緣故吧！」

所以說，這種辨認音感的能力，正是得之遺傳。

蔡文姬名琰，生長於河東是陳留縣人，嫁與同郡的衛中道，但不久夫死，又無子息，故而重歸娘家。

但此時，父親已被殺害。當她正處於感傷悲嘆之時，匈奴入侵關內，不幸被虜而去。

南匈奴的左賢王，對她一見鍾情，立她為妃。蔡琰雖在胡地生活十二年，並育有二子，卻片刻不忘故鄉之情，於是寫出「胡笳十八拍」。

此時，父親的友人曹操，征伐南北，也成為漢末一代梟雄。

因曹操哀憐蔡邕無後，遂用百金，從匈奴手中，帶回文姬。

而後，曹操將她匹配給一位名叫董祀的屯田都尉，然而董祀竟犯了重罪，被判死刑！

真是淒慘可憐的命運啊！懷著必死之心的文姬像瘋子般地蓬頭赤腳，上殿乞求曹操，音辭清越，旨意哀酸。

曹操於是故意為難地說：「你的精神，實在感人，可惜命令已發佈出去再也

追不回，所以是無法挽回了。」

文姬馬上應聲道：「明公廄馬葛匹，虎士成林，今既見垂死之人，豈有惜而不用之理。」

曹操沒話說，只得釋放董祀。

當時曹操，查問其父的藏書時，她說：

「亡父遺書四千餘卷，因戰亂流離，全部亡失了。不過其中有四百多篇，我可以暗誦而得。」

於是依曹操的意思，親自用草書寫下這四百餘篇，以回報曹操救夫之恩，結果一字無差。

她實在是個記憶力超群的婦人，而梅開三度對古代婦女而言，也實在是「難得」的經歷。

第三任的夫君董祀，雖知她已曾婚配二次，且又生下胡人之子，卻也不嫌棄她。

由此也可以推測，漢末的三國時代，對於女性的貞操問題，男士們是不太在意的。

關於婦女們的強烈貞操觀念，是起於宋代理學大盛的時代。

這一位文學家，也依照「楚辭體」作詩，如今記載在後漢書中，有她的兩篇作品，同樣提為悲憤詩，不過一是五言，另一為「楚辭體」。

另外又以楚辭體，所寫的胡笳十八拍云：「子在西，母在東」共有十八拍的血淚交織詩句。在文學史上，被認為是女流作家的第一名人，真是聲名遠播。

後宮的哀怨詩

再把話題拉回來。且說自西周以降經歷春秋、戰國、秦而到漢朝時代，似乎周公的制限方針已經失去功效，後宮嬪妃的人數，又開始激增。

自漢高祖劉邦開國以來，就因襲著秦的制度，即使幫著高祖，訂定朝廷禮儀的大臣叔孫通，仍然不全採行周朝的制度，其間仍雜有秦朝的規章。所以我們若說秦朝的統一，正是漢家天下的墊腳石，也未嘗不可。

對於後宮的嬪妃，有一定的稱呼，在此，順便附帶提上一筆。

皇帝的母親稱做皇太后，祖母稱太皇太后，嫡妻就是皇后，皇后以下還有小

妾，叫做夫人，比夫人又低一級的是美人。美人之下，依照等級排列，是良人，八子、七子、長使、少使。

這種稱呼法到漢武帝已經不夠用了，所以又制定倢伃、娙娥、傛華、美人、八子、充依、七子、良人、長使、少使、玉官、順常與第十四等的無涓、共和、娛靈、保林、良使、夜者。

最後更有缺少職號的上家人子，中家人子。名稱之繁雜，足令人暈頭轉向。而漢代又分為前漢與後漢，這前後兩漢，要以武帝在位期間，最是「登峰造極」之世。而嬪妃的人數，也高達數千名。

武帝不僅自身後宮佳麗濟濟一堂，也任令諸侯、士大夫、富門豪士等置妾數十上百。

同時，武帝時代，又開始蓄養歌妓舞女，因而男人的慾望，更形高漲。到後漢，就稍微有些節制。如光武皇帝，除皇后獨居一宮之外，另有五宮讓貴人以下居住，而有爵號的也只有皇后和美人二級而已。

另外，貴人、宮人、采女三類人數不多，也沒有爵秩俸祿，只讓她們衣食無缺而已。

這比起前漢，宮廷的用度，何只減少一半而已！

而自光武帝以來，帝王宮中，后妃的人數，也都抑制得很嚴格了。

但是，對於封王的皇子們卻如此設限：

「不限制妾之數，但除正夫人以外，小夫人不得超過四十名」，如此一來，真不知我們還能說些什麼！

當時，西漢的學者劉向，著有一本書《列女傳》。內容分為賢明、機智、妖孽等等，藉此以昭炯戒，發人深省，做為後世婦女們的典範。

另外，在東漢與劉向遙相呼應，又有一位名班昭的大文學家。

她著有一《女誡》的書典，列舉婦女們應該遵守的道德規範，以做為閨閫的守則。

是強調貞女、節婦的操守，有人就認為封建思想太過濃厚，簡直猶如婦女們的桎梏——「女械」。

但也有人以為，這完全是班昭故意寫的，為的是要讓後世之人，了解當時被男性玩弄的女性們，有多麼可憐，並藉此以發洩其無比憤懣之情。

而到隋煬帝時，這位淫逸的暴君，也依循前述的古代婚儀，倣效後宮嬪妃百

二十人之制。然後賜與三夫人、貴妃，淑妃、德妃的名稱。

又在九嬪中，給予順儀、順容……等等新創的名位。等大功告成後，煬帝對自己的「天才」頗為滿意，也不禁龍心大悅。

但是，後宮中，所容納的美人數目，卻不只這些。

煬帝又訂定一個更得意的新方針——即使是民間最偏僻的角落，也要挑選美女進宮。

因此，也打破以往的記錄，較之漢武帝、晉武帝等簡直有過之而無不及。最保守估計，宮女少說也有四、五千人。據說，最高估計，可以達到五萬人之眾。

這樣一來，幾乎全部都是新面乳，而宮女被愛幸的機率也就更少了。

傳說，其中有一位叫做侯夫人的美女，入宮多年，卻遭到這種悲慘的命運，因而留下悲痛詩句，自殺以求得解脫。

當煬帝看到她死後，仍面如桃花的姿容時，不禁勃然大怒，罵道：「如此美人，為何不早送入朕宮！」

這和西漢時，失去王昭君的元帝心境，完全是一樣的。

也是詩家的侯夫人，她的絕命詞哀訴道：「初入後宮雖受寵幸於一旦，然而此後七、八年間，全不見君王聖顏，內心既哀怨思慕，又念及家鄉，悲嘆年華老去，不死何為！」

只有一次臨幸的機會，再往後七、八年，全被置於冷宮——備而不用，實在太殘忍了。

但是，若以宮女的數量計算，其他的宮女，或還未必有如此境遇呢！

另外，唐玄宗時，為慰勞邊境的軍人，表示對他們的關懷，而賜與他們宮中縫製的軍衣。

其中有一位縫製軍衣的宮女，在她所裁製的軍衣夾層中，縫上一首詩，大意是說：「此軍衣，不知沙場征戰的何人將衣著?此衣經由我手誠心縫製。若得所願，願與君結再生緣！」

此事由官兵口中，傳入玄宗之耳，於是不免追究查問。

此時，有一宮女，抱必死之心，自行列之中挺身而出。

玄宗也大有所感，並哀憐她的處境，於是就將這宮女賜與獲衣的兵士。

在中國的史學家們，常以這些故事，證明宮中哀怨的悲寂生活。

白樂天是一個社會寫實詩人，當然也不放棄這種好題材，所以在他的詩作「上陽白髮人」中，更巧妙地把宮中黑暗的一面，表現出來，使得女性們，甚至男士們都珠淚交流。我們特地將之採錄於下：

「上陽人，紅顏暗老白髮新，綠衣監使守宮門，一閉上陽多少春。
玄宗末歲初選入，入時十六今六十，同時采擇百餘人，零落年深殘此身。
憶昔吞悲別親族，扶入車中不教哭，皆云入內便承恩。
臉似芙蓉胸似玉，未容君王得見面，已被楊妃遙側目。
妒令潛配上陽宮，一生遂向空房宿。
秋夜長！夜長無寐天不明，耿耿殘燈背壁影，蕭蕭暗雨打窗聲。
春日遲，日遲獨坐天難暮，宮鶯百囀愁厭聞，梁燕雙棲老休妒。
鶯歸燕去常悄然，春往秋來不記年，唯向深宮望明月，東西四五百迴圓。
今日宮中年最老，大家遙賜尚書號。
小頭鞋履窄衣裳，青黛點眉眉細長，外人不見見應笑，天寶末年時世粧。
上陽人，苦最多！
少亦苦！老亦苦！少苦老苦兩如何？

君不見昔時呂向美人賦，又不見今日上陽白髮歌！」

這淒涼哀怨的故事，千年以來的後宮，就不斷地重演著。

於是，宋朝一個名叫張實的人，就選了這個題材，寫成以喜劇收場的「流紅記」，在此，特地將它介紹給讀者們，並做為本章的結束。

在唐僖宗時代，有個讀書人名叫于祐的，有一秋日，他步行於皇城之下，望著御溝中無情的流水把片片的紅葉，沖刷而來，不免動起文人悲秋之意。

忽然，他望見一片巴掌大的紅葉，上面似乎有寫字，在好奇心驅使之下，便取竹枝將它挑上來。

他一看，果真在上面題詩：

「流水何太急，深宮盡日閑。
殷勤謝紅葉，好去到人間。」

于祐看了，大是驚奇，對這片紅葉，也珍惜有加，並常跟人提起這趣事。

有一天，他想自己何不也把詩句題在上頭，順著流水，也流入皇宮中？或許那一位佳人，正癡癡等著回音呢！

於是他果然題二句詩：「曾聞葉上題紅怨，葉上題詩寄阿誰？」也希望順著

水流，流入宮中大內了。

不過，自此以後音訊全無，他也不再癡人作夢。但仍是常拿出這片紅葉，賞玩一番，當做一種永恆的紀念。

後來，于祐就到河中府的一位貴人韓泳門下，當他的幕僚。韓泳見他老實可靠，也很親信他。

過了許久，韓泳忽跟于祐說：「大內宮人，近有三十餘人蒙罪，皇帝下令，遣送她們到民家嫁人。

其中有一位姓韓的夫人，因與我同姓，所以我就爭取她，因為想到你也老大不小了，所以想為你撮合良緣，就看你願不願意？」

于祐推說一番，也就答應了。

由於韓夫人姿色艷絕，所以取妻後的于祐，也因而神采煥發，兩人感情更是恩愛異常。

有一次，于祐出門，韓夫人理理他的書囊，見到這片紅葉，大驚之餘，問于祐是從那兒得來？于祐據實以告。

韓夫人也取出在水中拾得的紅葉，兩人於是相對驚嘆感泣良久。

于祐馬上將此事告知韓泳，韓泳笑道：「原來我還不是第一位媒人呢！」便也題一首詩賀喜他們：

「一聯佳句題流水，十載幽思滿素懷。
今日卻成鸞鳳友，方知紅葉是良媒。」

這位韓夫人賢淑能幹，持家頗有法度，後來共為于祐育有五子三女，一家和樂，自不在話下。

而紅葉聯姻的奇遇，也廣為世人流傳。

第七章 脫穎而出的女皇帝

在中國，自古以來，就有女性不當皇帝的「不成文規定」，因為是一般人想當然耳、約定成俗的事，自然也不須再訂條文。

當然歷代的君王，也沒有傳位給女兒的實例。

而綜觀東、西方歷史而言，也沒有一個國家像中國一樣，數千年來墨守著如此嚴格禁制的「男系社會」。但雖是如此，仍然出現二位女皇帝。

中國史上的兩位女皇帝

根據我們所說「兩位女皇帝」這點，或許有人會反駁道：「這就奇怪了！歷史學家們，不是說，只有武則天一人嗎……？」是的，這是非常正確的說法。

但是，史學家中不也有人認為：「再加一位，又怎麼樣呢？」

那一位就是傳說中三皇之一，叫做女媧的女神啊！

她也是傳說中，中國古代的第一位女性。

根據傳說，這位女媧氏從山中取來長藤，塞入揑成「人形」的泥土中，然後將長藤一抖，活蹦亂跳的人類，於是就這樣誕生了。

因為女媧所取的土，是來自黃土高原，所以他們都是黃色的人種，又因為人本是泥土變的，所以洗得再怎麼乾淨，身上還是有一些土味。

但是，這卻又發生一件棘手的問題……。

那便是，經過數個寒暑之後，人就會死掉，又化為塵土。因此，女媧再怎麼努力造人，也是惘然。

於是，她想出一個教授人類如何生生不息的辦法——那就是男女交合之道。這麼一來，人類本身即能自我創造，女媧再也不用那麼辛苦了。

然而，女媧雖有如此大的貢獻，在中國男性的想法裏，也只把她視為是「女帝」的一小部分範疇而已——小部分是不能取代大全體的。

因此，在傳說時代以後的歷史上，也就變成只有武則天一位女帝而已。

不過，武則天並不是因皇帝襲位給她，而登上帝位的。

她是親自廢掉自己的皇帝兒子，以「革命性」的手腕，強奪帝位的女人。在中國，真可謂稀世罕見。

在中國最古的典籍《書經》中的牧誓一篇。言道「古人有言：『牝雞無晨，牝雞之晨，惟家之索。』」所以自古以來，就不讓女性接近權勢。

然而，在這種環境下，竟產生武則天這個特例，也實在令人頭痛。

後宮的女性，不管是皇帝或者嬪妃，在她這小小的人生舞台上，行動舉止，都是受到非常慎重的限制。常以先例與禁令，來防止女權的擴張。

因為這與前面諸章節，所敘述的事項有所關連，所以在這方面，我們先稍作說明。

在中國的後宮，處在最易於接觸並掌握政治權勢的，莫過於皇太后了。

當皇太后攝政期間，常常便利用其權力上的方便，使自己的外家，擴張勢力。

再不然，便是駕馭一批暗中活動的宦官，開始從事翻覆政權以達到「臨天下」的目的。

像這情形以漢代高祖之妻——呂后為首，接著便是武則天，以至於清代的西太后慈禧，無不是這種情形。

關於呂后，我們已在前述纖細柳腰美人的戚夫人一節中提到過。

她最接近於清代的西太后，是制定所謂「垂簾聽政」，緊緊地抓住權柄，並加上所謂「大清會典」的法律，是一個以法律鞏固自己地位的超級厲害型女性。

但可笑的是，她在珠簾後面，指揮施政，而竟導致亡國。

根據清代實錄記載，她曾揚言道：「令我稍感不快的傢伙，一定要對他有所報復！」一副順我者享盡榮華；逆我者必死無疑的殘狠口氣。如此一來，也搞得政治大亂。

因此，在皇太后攝政時，歷代都是在情非得已之下，暗中劃分其處理政務的界線。

嬪妃的政治參與範圍

所謂的「干預範圍」，是指皇帝年幼，或皇帝體弱多病，再不然則是有先帝的遺詔。這三種情形下，只好以清楚明白的設限規定。以禁止皇太后過多的政治干預。

關於幼帝的情形，有許多例子，如東漢時代：和帝（十歲即位）的竇太后；和帝之子，殤帝（生後才百餘日就即位，二歲便夭折。）有鄧太后。而後又有沖帝（二歲即位，三歲逝世。）時的梁太后等等。

殤帝這個幼兒，是因為他的父親和帝，自鑒於皇子數十人，卻接連而死，就

在民間暗中養育的一個小孩。

群臣們都全然不知情，後由鄧太后找尋而得，並讓他登上王位，但是，二歲就夭折了。

這簡直就像戲劇中的情節一般。

因為二歲就死了，所以就進謚其號曰「殤」（早夭）。

而沖帝的生母，是早在前面提及，屬於豐滿型美人中，二位虞美人其中之一。

第二類帝王病弱的例子中，如採用革新派王安石變法的宋神宗，因為體弱多病，早先由皇太后——高氏攝政。

至於第三種情形，有先帝遺詔的例裡，如宋真宗，就是其一。

真宗臨死前，怕十三歲即位的仁宗，政權不穩，就命皇后劉氏，輔佐軍國大事。

此外，他又將政事，委任一個名叫丁謂的糊塗丞相，以致鬧出許多糗事。其中有段小插曲，就是：

有一次真宗在宮中與群臣宴會，大臣寇準喝羹湯時，不小心沾了一鬍子。

於是丁謂便故作奉承貌。起身拂去寇準鬚上的羹湯，卻反被寇準數落一頓，

並留下「拂其塵鬚」的典故。

再如前述的武則天，她的攝取，也是因為其夫——高宗的遺詔。

此外，沒有像先例中所謂「範圍」等等，曖昧不明的限制，卻是清清楚楚地禁止干政的，如「魏志」倭人傳裡所述的，魏文帝曹丕下達禁止皇后與外戚干預政治之詔令。

又如明朝的創立者——明太祖，下令道：凡后妃即令是母后，也不得對政治有所意見。因此，明代沒有太后干預政治的事例。

從這點看來，一介貧農出身的明太祖朱元璋，大概也是深深覺悟到女性的可怕吧！

連高居後宮妃嬪第一位，母儀天下的皇帝母親——皇太后，她的行為也這樣地受到所謂「先例」、「規定」等等的束縛。

所以，對妃嬪們行動、言語的種種限制，不消說，也自可推想而知了。

敢於和這層層束縛壁壘挑戰，而爬到權力最高峰的武則天、西太后等人，他們的手腕、膽識，實非比尋常。

因此，循序探尋她們的行為舉止，當可以窺見，後宮嬪妃們，在政治上，有

何立場和地位。

在此，以年代較接近的西太后做借鏡，來探討一下，這一方面的問題。

既然進入後宮，嬪妃們是榮是衰，就看她在激烈的比賽中，是勝是負了。因為能在此勝負決賽中，得到最後勝利，才能蒙得恩寵，享有榮華富貴，甚至取得至高無上的地位。

我們若以西太后的情形做說明，所謂「榮華富貴」的最具體事實，可以根據清朝最後一位皇帝溥儀，他所說的：

西太后以渴望的口氣喃喃自語要求說：「好喜歡那種款式的衣裳跟鞋子啊！」不到三天，完完全全、一模一樣的東西，就送到她跟前來了。

另外，據說慈禧每次用餐都要達到百品之多，陳列的餐桌，必須六張才夠。這就叫「食前六丈」，也就是說，主人面前，就擺設著一丈四方寬的山珍海味。

這無非是要表現她的資格、排場罷了，西太后那可能全部都吃到，更遑論是吃完。只不過挑幾樣比較合胃口的菜嚐嚐，其餘的就賜與臣下。這種以觀賞自己盛大的排場為樂的情形，即所謂的「自大狂」。

在溥儀的回憶錄也提到，人力、物力、財力的最大耗費，莫過於極盡奢靡鋪張的用餐儀式。

當西太后只招呼一句「備餐！」立刻就從供應伙食的御膳房，擺設出猶如新娘嫁粧似的一長列餐點來。

另外，根據其他的記載，西太后在國內外都動亂不安的局勢中，仍頻頻地以觀賞戲劇為樂，而事後又接著用餐。

同樣也是一百五十多道的料理，比如水果中，舉目望去有青海的葡萄、廣東的荔枝、江蘇的蓮子、河南的甘棗等等……。許許多多堆積如山的奇珍異果。

而盛裝的食器方面：夏用磁器，冬以銀器為主，另外玉製，金製等食器類，亦輪流著使用。

此時從屋室角落邊的巨大香爐中，更不時有龍涎香，散發著嬝嬝煙霧，數百位宮女、宦官，就隨侍在太后之側，聽候吩咐。

關於衣著，亦極其講究，平常穿的是淡紅色的牡丹刺繡，黃金緞子的旗袍，而在肩上還垂掛著，用三千五百粒珍珠，串成的長項鍊。

每天早上起來的慣例是：梳頭、濃粧，再從自己所屬的三千多個寶箱中，取

出翡翠、紅玉、琥珀、珊瑚等貴重的玉石金銀打成的指環、耳環、髮簪等等裝飾品，一一穿戴上。

每天就這樣反覆不斷。

至於宅邸和寢宮又另當別論。最令人訝異的是：她也不管列國入侵，而假藉「養育皇帝」的大恩，慶祝六十大壽為名，濫用海軍建設的費用。

外國人探訪北京，勢必一睹的頤和園，就是挪用這筆龐大的款項所建造的。

此外，再舉出她生活上的細節，讓讀者看看這人的心態。

若為她插簪的宦官，不慎將她纏繞在髮簪上的一根頭髮拔掉的話，就大怒而下令鞭打這太監！她就是如此暴虐狠毒的惡女人。

而當西太后死後，她的榮華仍然不減於生前。

陪她入斂的殉葬物，實在多得驚人！

據一位仍健在的老外交官說：

在一九二八年，一位叫孫殿英的軍閥，盜掘同葬於河北省遵化縣，西太后與乾隆皇的東陵墓園。當時，在北京一帶謠傳著，從西太后的墳墓中，挖掘出一顆西瓜大小的翡翠。

又傳聞說，她的屍體被挖掘出後，過二、三天，竟長出毛髮來。

不過，有個更不好的傳聞是：有人對西太后屍姦這件事。

前面所提到的漢朝呂太后，也遭到相同的情形。

在前後漢之際，天下大亂，赤眉兵挖掘了長安近郊歷代帝王的陵墓，在他們掠奪寶物的同時，呂太后跟其他后妃，也同受屍姦。

這一段傳聞，在歷史上，非常有名，並且記載於范曄著的後漢書中。

因此，傳聞西太后的情形，也不無可能。

一九七一年才被挖掘出來，令全世界人士都驚嘆不已的長沙馬王堆——一座西漢陵墓中，軑侯夫人的姿容，我想大家在電視上，都已看得很清楚。

在中國的書籍中也記載著，后妃的屍體，都灌有水銀，然後安放在數層的棺槨中，經過數百千年，形體能不毀敗，容貌依舊栩栩如生。

所以，屍姦這件事，其實一點也不稀奇。

並且，西太后東陵墓園中的隧道，全用漢代白玉所築。她的殉葬品，大部分也是由翡翠、鑽石、真珠等寶石做成的牡丹、菊花、靴、杖、金佛像等等……。真是不折不扣的寶山。

因此，嬪妃生前若位居高位，其死後之排場也極驚人。

這就是榮華路上的差別啊！

與皇帝兒子不睦的西太后

且說，像這樣極其奢華的西太后，又是怎麼發跡的呢？

她本是一個因貪污而被革職，落魄於安徽省安慶縣的滿人——惠徵的女兒。

十七歲時，依咸豐的令諭，被選為妃，而進入後宮。

滿州族的姑娘，沒有人不夢想將來能當上大清后妃的。

西太后的最初三年期間，就在後來被英法聯軍占領時，被燒毀的清代名園—圓明園裏，當一名掃除的宮女。

又根據另外一說，當西太后在圓明園唱著南方小調時，咸豐偶然路過，愛好聲色犬馬的咸豐，一見之下，當夜即刻招她進入宮中，而後她就懷孕，生下一個男孩，也就是以後的同治皇帝。

生了皇嗣之後的西太后，一下子平步青雲，備受愛寵。又因她識字，而咸豐

晚年又耽於聲色，便把奏章交給她，代為處理。

不過，咸豐心裡也存有全然不信任西太后的念頭。

關於這種說法，以後根據各種資料，也被證實無疑，下一章將會提到。

溥儀對這位擁立自己為皇帝的西太后，也批評道：

「西太后本是宮中一名宮女，只因有孕，才升格為貴妃。這個咸豐皇帝的兒子——載淳，便是日後的同治皇帝，因而那拉氏（西太后的姓氏）一躍而成為太后。」

想必西太后在寢宮中，也一定是盡其全力，爭取勝算的。

西太后是俗話所說「小妾」出身的。而咸豐皇帝，已有相當於正妻的皇后，那就是以後被稱為東太后，享有賢淑美譽的女子。

愛好女色的咸豐，對東太后似無太大的興趣，可以說，皇后與皇帝除在新婚數日中還算親密外，以後就不再發生性關係了。

在此順便一提，皇帝與皇后新婚之夜，是在神寧宮中，一間十尺見方的喜房中度過。

這房間，除床鋪之外，全都塗上紅色。連被褥、窗簾、衣裳，也一律是紅色

的一個房間。

而西太后雖然生下龍子，但是嬰兒卻得在別處養育，母子是不能見面的。

這是清朝開國以來的一貫方針。

把母子視同外人，為的是將來兒子當上皇帝時，不因母子親情，而為母后所操縱。

但事實上證明，西太后非常憎恨自己的兒子同治皇帝。

而更酷毒的是，清朝在其制定的國策上，禁止漢族女子進入後宮。

所以，皇帝為作樂而召進宮中的漢族女子，若產下子女，即立刻被放逐。

因此，在這種制度下，皇帝的第一位母親，往往不是他的生母，而是他亡父的皇后。

若是亡父的嬪妃還活著，就依照她階級大小的順序，而有第二、第三、第四義母，長長的排成一列。

聽說，同治皇帝，到他第一位母親，東太后的寢宮能夠聊上一些話。到西太后的寢宮，和西太后——他的生母，卻談不上幾句話就回去了。

即使生下皇帝兒子，也無法成為抓住皇帝心魂的決定性關鍵。

第八章 風流女傑西太后

以「皇帝」為中心的獨裁專制政體之下，這最高階層的統治者，都是非常孤獨的。其原因很顯然的：全是為避免讓他的寵妃或宦官，太過囂張跋扈。然而，即使是獨裁者，也會渴望有一位能了解他「心靈中微妙想法」的人，也就是所謂的知音。所以，連希特勒也有他的愛人夏娃・布朗芝。

因此，要當一個寵妃，或是倖臣，可不是那麼容易的事。不過，西太后在這方面算得上是位佼佼者。就舉涵括性較廣的例子，來看看她的本領。

誆騙皇帝之術

清朝末年，清廷與英國之間，發生第一次糾葛，引起亞羅船事件。

此事是起因於，打著英國國籍的海盜船水手，被中國官兵逮捕，此事引起英方大怒，覺得面子掛不住，遂派遣英國軍艦攻陷廣東，繼而北上，直迫天津。在天津開會談判，迫使中國具結賠償損失；並承認傳教自由等條款項的一個肇發事件。

次年，在北京進行批准交換的英法公使，乘船來到大沽受到天津大沽砲台的

攻擊，於是又造成爭戰。但是，一直認為皇天之下唯我大清皇朝獨尊的西太后、咸豐皇帝，對此事件，非常意外。

當他正咆哮著，對周圍的侍從說：「那些洋鬼子傢伙！」捷報就遞上來了：「今日天尚未明，逼迫大沽之洋艦十三艘，為我方砲台擊退。並有四艘擊沉，我方損失，極其輕微。」——如此的奏章。

當西太后從心腹的宦官口中得來這個情報，知道咸豐此時十分得意洋洋，於是立刻換掉衣裳，搖身一變，變成觀世音菩薩。

當她從頭到腳，裝扮完成後，更令隨從打扮成散財童子在旁服侍。然後趕快差遣人，引誘皇帝前來。

咸豐疑心到底發生了什麼事？等前來一看，才發現，在寬廣的圓明園中，一座蓮花池的旁邊，坐有一人。他挨近一瞧，原來是西太后假扮的觀世音菩薩。

突然，這位菩薩口中念道：「善哉！善哉！」

覺得有趣的皇帝，就問道：

「這是怎麼一回事？」

「剛才菩薩對治退英軍的天津勇士們表示嘉許，而又憫懷犧牲的戰歿者。」

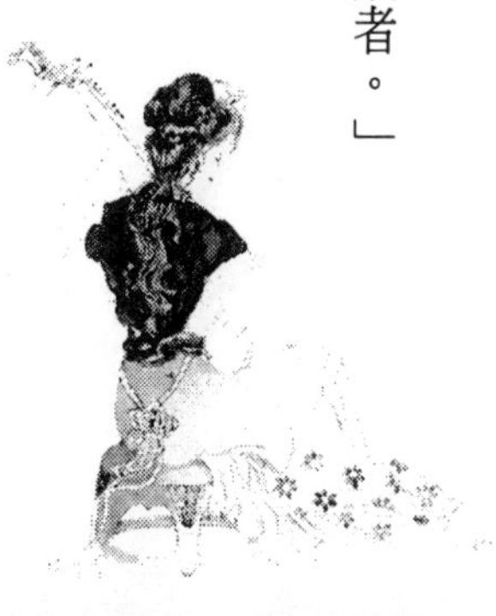

善財童子回答。

「哦！連菩薩也得知我軍勝利了！」

咸豐不禁破顏一笑叫道。

「在陛下虎威之下，那洋鬼子，算得了什麼。」

西太后恭恭敬敬地說出這關鍵性的一句話。

用金錢、地位馴服宮女、宦官，也掌握住皇帝的喜怒哀樂，所以，才能演出這齣戲，難怪被耍的咸豐，要招架不住而樂極生悲。

對西太后而言，國家的大難等等諸事，與她毫無切身關係；能不能出類拔萃於後宮三千美人之中，並緊抓住帝王的心，才是她最關心的事。

所以，即使是小小的一幕戲，她也非常認真地去演。

何況，男人對這種戲裡的奉承，都是無法抗拒的。而皇帝，當然更是如此了。

西太后即是以如此看似無聊的手段，而漸漸地踏上政治的舞台。

不過，待咸豐皇與西太后這齣假戲閉幕後，過不久，真槍實彈就上場了……。

憤怒的各國聯軍，真正發起虎威來，他們以北京為攻打目標，逐漸逼進。

皇帝不得已，便與皇后——東太后、西太后，與西太后所生的後嗣——戴淳

等，潛逃到熱河的行宮。

因病弱休克的皇帝，不幸駕崩於熱河行宮。於是由戴淳即位，是為同治皇帝。

只有五歲的幼帝，什麼都不懂。因此，依西太后之建議，由兩宮太后開始所謂「垂簾聽政」，而「同治」這年號正指明兩太后共同治理的意思。

但是，這種聽政的辦法，受到重臣們的反對，然而，西太后並不因此而氣餒。

中國的作家們，對於其間的小插曲，有非常趣味性的描寫：

「垂簾」受到重臣反對，而國家又處於旦夕之危，再加上皇帝年幼無知……一連串不如意的事情相互交雜在一起。

此時，西太后所倚賴的支柱東太后，又身染重病，連湯藥都不能下嚥。

看來，掌握政權最直接的途徑，即將毀於一旦了……。痛下決心的西太后，於是狠心地割取自己小腿的一塊肉，而將肉放入東太后的煎藥中勸她吃下。

在此之前，不能服食湯藥的東太后，忽聞肉香，覺得味美，於是喝下藥，並吃了肉。以後病情，也就漸漸好轉。

為感謝在病中，受到西太后的照顧，就到寢宮拜訪她。結果，竟看到她腿肚上的一塊大刀疤，不禁嚇了一大跳，忽然想起病中所吃的肉，跟平常所吃的不太

一樣，忍不住哭泣地道：

「這傷，是為我而割的吧！」

善良的東太后，於是就這樣，把秘密透露出來了。

「像你這樣好的人，我實在不能隱瞞，事實上，先帝駕崩前，留給我一紙遺詔，裏面提到，即使是皇嗣的生母——西太后，也不能對她疏忽，萬一若有違背祖宗的情事，即發布此詔，放逐她。」

西太后一聽，心裡極為震驚，想不到自己仍無法掌握住咸豐的心！立刻靈光一轉，道：

「多謝您把事情告訴我。可是，我那有違背祖宗戒令的心呢？先帝既不信賴我，我就該一死，這樣，您也不必為我掛心。」

於是死命哀求著要死。東太后趕忙制止，並有感於西太后的「貞烈」，而把咸豐遺詔取出，將它燒掉了。

割肉療病，竟反而救自己一命，這姑且不論。

關於咸豐皇帝遺詔的故事，是非常有名的，它關係著以後西太后所以要毒殺權力大過自己的東太后，這可視為嬪妃間，暗中激烈奪權的一齣戲。

毒殺事件屢見不鮮的後宮

有關西太后的毒殺東太后，有許多不同的說法。

當然，因是大內深宮所發生的事，即使是親近的人，也恐怕有後患而不敢說出實情。不過參考諸家說法，仍可以得到，大致比較正確的原委：

一八八一年三月十一日，消息傳來說東太后因急病而崩逝。

實際上，東太后的身體，除上次得病外，一直非常健康。所以北京的人，都以為是傳說病情很重的西太后死了。

豈知暴死的竟然是東太后，著實令大家驚愕不已。

然而，這該不是毒殺吧！種種傳說，一直混淆不清，而事情的真相，日後才由一位側近重臣的文書資料官洩露出來：

毛病就出在那一天，西太后偶然從東太后那兒，得到咸豐在世時，有關遺詔的消息。

東太后一時疏忽，對西太后說；「給你看一件東西。」

就從箱子裡，取出卷軸與她看。內容大意是：

「西太后雖生皇子。但是，他日必母以子貴當上太后無疑。可是朕非常不信任這個人，假使今後還能安守本分則罷，若不然，宣示此詔，令群臣除去她。」

東太后邊笑著說：「我們姐妹二人，不需要這種相互隱瞞的事。」於是就將它燒掉。

西太后赤紅著臉，再三稱謝地離去。

隔天，西太后即命令宦官，回報東太后一個甜餅，吃了這餅的東太后，就這樣一命歸陰了。

雖然是在夫君死後，才發生的事，但是連夫君的正夫人，也都毒殺了！這可看出，後宮女性變態的心理。

咸豐皇帝讓這一位「偉大」的女性生下兒子，也注定為清朝滅亡，種下了禍根。

東太后這個人，前面也已提到，是個老實和氣的女性。即使是垂簾聽政之際，對重臣上奏政務的問話，也不像西太后那樣伶俐地聽取政務，而是：

「何日出發上來的？」

「途中沿路的人民，生活得怎麼樣？」

「耗費多少時間才抵京？」

「聽說你病了，可有服些什麼藥物？」

「有幾位子息？」

閒話家常等等之類的垂詢。

所以，與西太后那般，聽取政務，而給予指示的性格，形成強烈的對比。

西太后性嗜毒殺，並不止於此，即使由她所擁立即位，自己親妹妹的兒子——光緒皇帝，因為「膽敢」發動政變與她對抗，所以將他幽禁瀛台。

且又不願自己比光緒先死，於是在病床上，下令毒殺光緒帝。

繼光緒之後即位的清朝最後皇帝——溥儀，他證言說：「這個毒殺是有可能的。」

所以，西太后的競爭對手——東太后之被殺，可以說是遲早要發生的命運。

另外，西太后這個稱號，是因東太后住在紫禁城的東六宮；而西太后住在西六宮的緣故，所以才如此稱呼。

一般人還是慣稱她們為慈安與慈禧。

西太后的風流

對西太后而言，她連東太后都敢毒殺，至於風流之事，更不算得什麼，所以我們到處都可看到她的「情史」。

但是，根據研究者說，這些幾乎都不是確實的。

服侍西太后，因生性正直，頗受寵愛的一位知識階層女性，名叫德齡，她有名的手記《御苑蘭馨記》，據說也殊屬可疑。

所以，真相為何，只有西太后她本人才知道。

不過，正所謂無火不生煙，平地不起浪，我們就來介紹，這煙煙霧霧之中的一、二件事，藉以追憶一下這個婦女「解放」運動先驅的「英姿」。

上述清朝最後皇帝——溥儀的外祖父，是一位名叫榮祿的滿州人，他最後的官職相當於總管內務府大臣，以及陸海軍大臣職位的兵部尚書，是西太后「稱心滿意」的一位高官。

榮祿是西太后的親族，聽說也是小時候一起玩家家酒的同伴。

而他又是非常有名的風流人物，正和西太后旗鼓相當，棋逢對手。

據說，起初是西太后以那水汪汪的眼神勾引誘惑他，但是正所謂如魚得水，求之不得。因此有人說，榮祿正是以色相發跡。

而後，兩人漸變得肆無忌憚。

榮祿與西太后所寵愛的李蓮英——此人到後來成為宦官的總管。榮祿便常以洽商圓明園修築之事為藉口，在李蓮英的住處，也就是宦官村，與西太后幽會。

宦官村這種地方，可想而知，是一種「特殊部落」，一般人是嚴禁進入的。

但是，榮祿到處送錢賄賂，連屬於東太后的太監總管崔長壽，都被他收買。所以，兩人的勾當，好像乘上大船，平平穩穩，絕無風險。

在淫亂的親密關係之下，西太后的肚子，竟漸漸隆起。這實在是麻煩的問題！於是，西太后就密令嫁與皇族淳親王的妹妹偽裝妊娠，然後假藉到淳親王邸探望妹妹，就在那裏住下，並生下一個男兒，當做妹妹的兒子。

聽說這就是被西太后毒殺的光緒皇帝。

這若是事實，則在後宮中，爭奪權利名位的女性，想必都已瘋狂了。

生下兒子後，西太后稍微收斂些。但是，這次又帶回一個唱京戲的戲子，又

開始她的淫慾作樂。

京戲的旦角，常是由男人反串的。他也和滿州女性一樣，盤高髻，踩鞋蹻，跟在西太后身邊服侍她。

此外，他又會指導西太后駐顏術。西太后眼看她臉上的皺紋漸消失，又變得年輕起來，真是心花怒放。

已是四十歲的西太后，此時宛若二十歲佳人一樣，又堪與眾妃爭妍。

但是，夜路走多了，總要遇上鬼。一次東太后因急事前來寢宮，竟撞見他倆在房內的無邊春色。於是，西太后被狠狠地訓一頓，從此就不再風流了。

但是，西太后終究是隻「偷腥的貓兒」。

在新疆與蘇俄接鄰的地方，中國與蘇俄發生糾葛時，西太后又和前來報告戰況的榮祿開始幽會了。

年近四十歲的慈禧，作夢也沒想到會再懷孕。於是，與心腹李蓮英商量，決定用藥物墮胎，但因為是毒藥，也不敢擔保有無生命危險。

只得將生死託付天命。飲下之後，幸運的她，竟然平安無事，保住性命。

而她這縱慾的情形，連男性都比不上。

慈禧風流的地方就介紹到此。

不過，她顯示出女性強大驚人的威力也是事實。

在此，且順便介紹一下，與這時的女性相關連，而專以後宮為模式，代為女性們申訴，重視女權的一段奇談。

比西太后稍早的乾隆皇帝時代，有一位名叫李汝珍的音韻學者。

這個人寫了一本叫《鏡花緣》的小說，其中有一節「女人國」的故事。

這個女人國，取唐朝武則天時代為背景，和希臘神話裡的女人國不同，而是男人和女人、工作、生活、相調換的一個國度。

這個故事，是以三個旅行商人，途中來到這個女人國，開始它的序幕。

其中一人姓唐，在路旁窺視一家民房時，竟被一名濃粧而帶有青色鬍子渣的中年「婦人」怒喝道：

「明明是個女的，為何穿男人的衣裳，難道不怕被打死！」

這時候，另外一位叫林君的，感到非常好奇，就深入其境，不料國王對他一見鍾情，強封他為「林貴妃」，被帶進後宮。

對於這位林貴妃的準備儀式，也實在非常繁複，因為他還須要被「改造」。

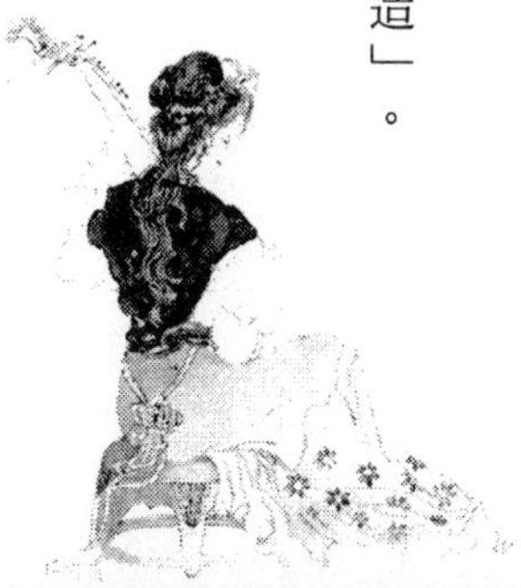

首先，被一群青鬍子粗暴的「宮女」制住。

修整髮形不用說，接著塗抹濃粧，全身佩戴飾物，穿耳洞，套指環，上臂環。

之後，開始動手術——腳上的趾頭被緊綁起來，將雙足彎曲成弓形——被纏足了。

這改造，使得林貴妃遭受皮破肉裂，鮮血淋漓的慘境。

痛苦的林貴妃哀求道：「殺了我吧！」

就這樣，才十數天已被快速地「改造」完成。

最後，才被帶到後宮，躺在國王的寢宮中。

像這樣，把後宮男女的立場對換後，就可知道嬪妃的痛苦，以及男性的殘暴了。

所以，《鏡花緣》被認為是中國文學史上，獨一無二，代女性申冤的傑作。

西太后與武則天，在這般的後宮制度中能熬出頭，可見也是非比尋常的人物。

偏重於後宮女性的雜文，對於「男性」宦官的描述，就稍嫌不足。

所以在下一章節裡再回溯時代，以此為中心議題做一綜合的敘述。

第九章 宦 官

自遠古以來，人類的老祖宗，對於身上有突起物的人，便稱做「男人」，而有裂痕部位的，則稱為「女人」，這實在是非常方便的記號。

這種稱謂已實行了幾千年，在人類的腦海中，也已經是一個牢不可變的觀念。所以，如前面所介紹的，在「女人國」中，男女的稱呼顛倒，實在令人覺得無比滑稽，不可思議。

尤其在這裡面，還有隱藏著蔑視女性的封建時代觀念。

但是，隨著女權擴張，現代的男女，已講究要互相「取悅」對方，所以目前市面上，已經陸續出現男性專用化粧品。

在百貨公司裡，男士被化粧品專櫃前的店員追趕著之類的事，早已是見怪不怪，不足為奇了。

半陰陽、中性

男人和女人的區別，到底在那裏呢？

所謂男人，是指擁有睪丸與前列腺的人而言；而女人，就是具有卵巢與子宮

的人。

這是男女兩性，在醫學上，嚴密區別的定義。

所謂的「宦官」，卻是指男人本該有的特徵，因某種因素而被割掉，在後宮服侍帝王和后妃的人。

被割掉男性特徵物的人，只是所謂的「閹人」（被閹割過的人）。

閹人被召入後宮，充任雜務的工作時，才被叫做宦官。這是中國自古以來的傳統。因此，本是堂堂正正的一個男人，被閹割後在生理上，就逐漸發生變化，如鬚毛脫落，聲音尖細，而成了中性人。

在閹人當中，又有寺人、奄人、淨身、中官、貂官、太監、內豎、椓人、火者等，種種不同的稱呼。

這與宦官的稱號，常常被混同著使用。

然而，這其中有睪丸跟陰莖，都被閹割的，也有只割掉睪丸的。

另外，還有假裝閹割，其實全然無傷的男性宦官，這無疑是要給後宮的淑女們愛慾來時，慰情用的。

不過，依照規定，這種「假宦官」是不能入宮的，所以，他們都算是「偷渡

入境者」。

二次戰前，中國各大都市的書店，有關描述後宮中宦官與淑女春情的書籍，都非常暢銷。

當然，其中也有不是迎合時尚潮流的小說，其所以描寫後宮的淫逸，無非是為——促發民族奮起向上之心。

總之，這一類的傳說，已是根深蒂固地被流傳著。

以上文所述，宦官的三分類來看，第三類完好無缺的男性宦官當中，有一位在前章已經提到——西太后的心腹——李蓮英。

關於李蓮英的生平小史，根據某一本書籍，記載如下：

「西太后寵愛李蓮英，並育有一個私生子。

李蓮英這人，生得英俊貌美，年少時本為一名鞋匠，而後冒宦官之名，進入後宮。在入宮之前，雖受腐刑，但他以金錢賄賂，得幸保有性器。西太后愛其色，以此為悅……。」

此種傳說也是由來已久，牢不可破。

可是，一般的傳說，則稱李蓮英是「自宮」，也就是志願，自己閹割的意思。

據云，本來只是一介太保流氓，出身卑賤的他，就為出頭，而「忍痛犧牲」當上了宦官。

且據說他之前，有個蒙西太后寵愛的宦官安得海，就是被他陷害，而被判死罪，所以他才能夠受寵一世。

以一般正常的情形而言，沒有男性特徵的宦官，與後宮的淑女們之間，有可能真正的性交嗎？

假設規定，只有插入才算性交的話，或許就太牽強了。

因為性交的範圍，並不是非常狹窄的。所以，宮女和宦官的性交，也是可以成立的事實。

關於此類情事，中日的學者專家，如清代的史學家趙翼，日本的桑原隲藏、三田村泰助等，都有具體的研究成果。

如建造雲崗石窟的後魏孝文帝，他的皇后馮氏，與宦官高菩薩之間的私通；唐朝高力士和楊貴妃；或是明代天啟帝的乳母容氏與魏忠賢相姦等。

然而，特別是對後宮的夫人妃嬪們而言，有此一說：「與其跟中年以後，才當上宦官的玩樂，倒不如和幼時即為宦官的，來得有興趣些。」

行文至此，究竟是否屬實，讀者們姑且當作參考！

再來談談真正的中性人；即不像宦官是由於人為外力的因素，致使類似中性不男不女的人。也就是指所謂的「陰陽人」。

這是依照上天的安排生下來的，一切都是命運，所以，我們決不應該輕視他（她）。

然而，有時看到某些傳播媒體，以此廣為招徠，不禁令人感到非常憤慨。

他和低能兒同樣地，必須被善加保護。而為要防止這類事件的再發生，社會上的每個人，都該作最完善的努力，這也是我們人類所應共負的責任。

不男（不女）這種人，也就是指雖然是個男（女）的，卻不完全是個男（女）人的意思。

他（她）是絕不可能生育孩子的，所以又叫做「天閹」。

亦即「天造的閹人」的意思。

這種中性人，又有天、捷、妒、變、半等等的區別。

性器官萎縮，不能勃起者，稱為「天」。

所謂「捷」，是生為男，卻是女；生為女，卻又竟是男（值男即女；值女即

男）有點不容易說明；下文將舉一個例子來解說。

而「妒」就是所謂「似有實無」。

「變」則是一半為男，一半為女（半月能男，半月能女）。

所謂「半」則是「無異而不能」（看似正常，卻無法施行其功能）。

揵和變是最痛苦的形態；而天、妒、半則是因為發育不全，機能喪失的緣故。

雖然他們喪失性能，但他整個人格與常人並無不同的地方。這例子很多。

如中國漢代的武陽侯，隋朝大將軍楊約，及宋朝的楚王英煥等，都屬於這一類。

據說，在佛典中這五個案例都有記載。

在此，為述及宦官的情交，以便解釋上方便，下文附節錄日本某法醫學大家的補充說明如下。

「我被警方拜託，去鑑定一個小偷的性別。

因為他們不知道要把他（她）關在男刑務所好呢？還是安置在女刑務所裏，比較適當。

這個小偷，最初以女子身分被養育長大。因她生得貌美，所以不久就交上男

朋友。但是，當兩人到緊要關頭的時候，這個人的男朋友，總覺得不太對勁，於是就離開她了。

至於小偷本人，也覺得有點奇怪，但前思後想，也得不到結果，就去和母親商量，然而，還是沒有滿意的答案。

於是，有一天，她就痛下決心，要當個男人。

當『他』打扮成男性模樣時，卻還是個美男子。

這一回又交上了一個女朋友。

但是，同樣地，到緊要關頭的時候，他這個女朋友臉色大變，又離開他了。

最後，他終於交到一個對他死心塌地的女孩，為討她歡心，就淪落為小偷，因而被捕。

根據警方調查結果，說他是具有男性與女性的性機能。

然而，經過檢查以後，發現他男性機能較強，而二性的性行為，都有可能。

像這種情形，需做一個較具概括性的說明，就是指他是真正的半陰陽人；也就是男性假性半陰陽，和女性假性半陰陽，占大部分。」

因此，有關宦官情交一事，也希望有學者們能夠詳細調查。

但是，實際上，宦官的本領，並不在情慾這一方面，而是專注於利害得失和權勢鬥爭中，也就是說，他們以貪慕榮華富貴的活動為主。

一個沒有性特徵，失去性能力的人，他所嚮往的，當然不是情色一事，而是想傾其全力去爭權奪勢。

可是，誠然如大家所想像的，因為宦官們活躍的舞台正是縱情淫慾的女人園境——後宮。所以宦官們被推測，亦屬於濫情的這類人物，也不無道理。

不過，儘管讀者們做如此的比類，毋寧說他們是宮嬪后妃之間角逐競賽的緩衝，一個調解角色。

宦官簡史

在此，簡單地敘述一下宦官們的歷史。

宦官這種人，在克麗奧佩脫拉時代的埃及王朝，或回教的婦女房中，就已被雇用了。

而印度的孟加爾王朝，其後宮也擁有數千名宦官。

在中國方面，據說是由西方傳來的，只是當時的交通，可有這麼方便？

在中國《詩經》「小雅」裡頭，就有「巷伯」一文，是一個宦官，寫他受讒被害的情形與心境。

可知從周代開始，就已雇用這種人在宮中，或諸侯的後宮。

日本桑原博士認為宦官產生的原因，是因為中國自古以來，男女區別非常嚴格，為避免嫌疑，並安撫后妃的嫉妒心，所以才想到這「方便」的辦法。

另外，中國的學者們以為，這與古代專制皇帝存著「天下一家」（即「率土之濱，莫非王土」的意思。）的觀念有非常密切的關係。

古代的王朝，以皇帝一姓承統為原則，若有異姓（異族）入侵，就要改朝換代。

因此，王朝男性的血統，必須確保其單一純粹。

所以，宮中若有其他男性接近后妃，萬一彼此情交，使得后妃生的皇子們的血統發生疑問，豈不就大傷腦筋？

於是，去掉生殖能力的宦官，就被使用於後宮了。

桑原博士的說法，是儒家思想，滲入社會各個階層以後的事。

據說，在古代，宦官的起始，最初的意義是藉著割去征服敵國所捕獲俘虜的性器，以誇示對異族的征服，並且也有一絲威脅的警告在內。

這些說法，暫且放到一邊。

而到底宦官的成員，是些什麼人呢？宦官的來源有前述異族的俘虜（胡人、西藏、雲南、女真等）；外國所進貢而來的（從高麗、安南、印度等地輸入）；被判閹刑的罪人，如司馬遷，但他並不當後宮的宦官，而是掌管國家文獻資料；以及自閹者（自願的，或是雙親為貪圖富貴，自行把親生兒子去勢）等。

但這其中，以自願者，占最多數。

自己閹割，實在是需要非常大的勇氣。但是，自閹者並不一定全被採用，不合格的也非常多。所以，往往會落得兩頭空。

至於這些錄取者，首先必須複查，是否完全去勢。然後年齡、容貌、連聲音語言都要檢查，嚴格得有如大學入學考試。

全為慾望，而當上宦官的人，一旦俟其進入後宮，當然只顧自己一身的利害榮辱。

所以，各王朝都受到宦官們，嚴重地禍害。

其中，後漢、唐、明三王朝所受的禍患，非常嚴重，三朝的覆亡，全是肇因於宦官。特別是唐朝，到了後期，天下的國策、兵權、財政，也都為宦官所霸據。

已到如此嚴重境地的唐朝，宦官甚且若無其事地吟詠道：「定策國老」、「門生天子」，李唐末世，真是淒慘！

所謂「定策」，就是指天子的廢立。定策國老既為宦官，而任其擺布的，自是堂堂的天子。這一來，使得天子也嚇得直打哆嗦。

甚至到後代，清朝最後的皇帝——溥儀，也直說恐怖。

所以，下侵上者，並不是唐代才有的現象。

唐朝第十八代天子——僖宗，更直呼當權的宦官、田令孜為父親。

一代天皇的威嚴，究竟跑到那裏去了！

宦官的權勢與妻子

關於唐代宦官的人數到底有多少？

在唐玄宗時代，約有四千人以上。玄宗以後，宦官開始得勢，逐漸地參與政

治。

而後，宦官以接近宮中衛兵為始，進而擁握兵權，占據政務要所，又權侵天子耳目的樞密院，插手皇位之爭，私攬外交……。

唐朝第十一代的憲宗與十三代的敬宗，且因之而被弒！

天子的廢立，是沒有理由的；遭人殺害，也是沒頭沒腦的；這全是宦官暗地的勾當。

而且唐代後期，朝政已全為宦官所把持了。

為什麼宦官能如此包攬權勢呢？

這是因為，宦官以一個同族性（同病相憐，出入同心）的集團，共同行動所致。

權力掌握的原因，除集體行動以外，也依恃宦官本身長久的經驗，或政略、情報網的堅固而得。所以，他們能控制全局，也絕非倖致。

例如，與玄宗的愛寵楊貴妃，站在同一線上的高力士，他的宦官生涯實際上共有六十三年之久。

在大多數的官府或公司裡，若位居董事長秘書或總經理秘書，達六十三年之

久，那用得著親自動手，去調查什麼資料？

到任何地方，都有他的勢力網，不必花絲毫的功夫，情報就自動送上門來。

因此，如果他當上高官或局長，就猶如桌上取柑、甕中捉鼈一般，再簡單不過了。

而單以高力士所侍候的皇帝，就歷經則天武后，中宗睿宗、玄宗、肅宗等五位天子。

另外，唐朝後期，掌握政權有名的宦官李輔國，在任約四十年，前後服侍玄宗、肅宗、代宗三位皇帝。而且他竟敢弒殺肅宗的張皇后，且代宗即位後，他視代宗為傀儡，事無大小，全取決於他。

此外最令人驚訝的是，他以一名宦官出身，卻當上有史以來第一位丞相。

另外，要脅第十四代皇帝文宗，控握天下實權的仇士良，是服侍宮中四十多年，歷經德宗、順宗、憲宗、穆宗、敬宗、文宗、武宗等七代天子的一隻老狐狸。

這一隻道行高深的老狐狸，平日看似無所事事，但是幼帝、外戚、重臣等不諳於宮中動向的官員們，也無法與之對抗。

接著來談談宦官的「家族」。

在唐朝，既然大權都已旁落，像宦官娶妻，認養兒子等情事，也不過小事一件罷了！

也許大家會覺得，既然沒有男性性徵，娶妻不是荒唐嗎？

但是，即使沒有性特徵、無法生育，但行夫婦的生活，是可能的。

比常人更具有強烈自卑感的宦官，都想過著普通人的生活。不，應該說是，更想誇示比常人更高一等的權勢，這是可以理解的。

並且，又可藉娶妻、收養義子，以增大他的勢力。

比如，高力士推薦他的岳父及弟子，個個身居高官厚祿，全和李輔國的手段相同。

唐末有個名叫楊復恭的宦官，總共收容了六百多位養子，實在是驚人的龐大數目。當然他的勢力，也因而擴張不少。

而不僅是宦官之間，即使武士也收容為數不少的養子。

並且宦官不光以掌握宮中的政治為滿，即使是對外武力控制，也處心積慮。總之，他們非把天下的權力，全部收攬在一身，決不罷休。

因此，當時宦官的鬼點子，實在不勝枚舉。

但是，這種事情，並不能說只是古代中國的故事而已。

此外，再略提最後一項，有關宦官的特點：

宦官本是為服侍帝王后妃而設的，居住在宮中一定的場所，自然也是他們所當遵守的法則。但是，「有力」的宦官竟在宮外，建造大邸宅，競相誇示他們的勢力——這正是一副小人得勢的模樣。

第十章 斷袖之癖

亙古以來的同性相戀

在前文已提到，人類為使靈肉都達到快慰與滿足，於是也就沿用生物共有的本能來完成這種使命。而或許人類比其他動物更敏銳，更多情！所以他選擇的對象，可以是多方面的，因此也就不單單是陰陽相配了。

對關於提到這一方面的小說中，常常會說，再沒有比男色更具魅力了。另外也有人以為，女子生的貌美，性情溫和，所以很惹人憐惜，反之年輕小伙子若生得這樣，看起來就噁心，令人嫌惡。

但是，你相信嗎？如當真要人選擇其一時，往往多數人會選擇男色。總之，女色與男色，只靠一張嘴來討論，實在浪費時間。

而對於男色的深髓妙處，有名的日本弘法大師，不把它宣佈出來的原因，大概是怕人種因之絕滅的關係。

有人認為這是傳教、弘法二位大師留學渡唐，倣效天親菩薩，歸國以後所發生的影響。傳說，傳教與弘法兩大師，也是曾在某名地進行這種交易的。

若是這樣，那麼日本的男色，就是經由名僧，從中國直接傳入的。

如果您是虔誠的佛教徒，看到這種「有辱」聖教的法，也許要勃然大怒說：「豈有此理！」只不過傳說歸傳說，也沒有仔細的考證，就當作小說裡的玩笑話吧！也不必太動肝火。

不過在中國的稗史小說裡，確有一則記載！有位貌美艷麗的婦人，居住於道路旁，供有所需求的行人，暢所欲為，自言這是以肉體布施，所以人稱她做「施捨觀音」，後來這婦人果然修行圓滿，得道成佛。

這雖講的是女色，不是男色，然而在佛教裡，何以有這種施捨肉體的方式？這實在令人費解，倒希望學者專家，能在這一方面，做一個考證工作。好在本書純粹是消遣娛樂的雜文，不必要多作專門性的研究。

總之，毫無疑問的是，中國，正是男色的先進國。

如眾所周知，「斷袖之癖」這句成語，是把「愛好男色」用比較高尚的辭彙表現。

這典故源於二千多年前，漢哀帝所發生的故事。

以後便緜緜流傳下來，以下是一則能夠賺取愛好男色之士激動掉淚的故事。

喜怒皆因董聖卿

哀帝這個人，光從他謚號曰「哀」這件事來看，就可知道，也是位可悲的皇帝。若含蓄點說，自然就如應劭所謂的「恭仁短折曰哀」。

他可以說是前漢實質上最後一位皇帝，因為到平帝即位後，政權即操在權臣安漢公王莽之手。

哀帝寵愛一位名叫董賢字聖卿的美男子，常與他共臥，幾乎整天都黏在一起。當哀帝還是太子，尚未認識董賢的時候，其所愛的人，是一個名叫王去疾的青年，他是成帝外家平阿侯王譚的兒子。

不過，此時的董賢，已經是太子宮中的舍人了。當哀帝即位後，董賢也因而隨遷為郎，充當下殿傳報時刻的小官。

董賢生得貌美如玉，自己也有自知之明，所以總是洋洋自得。

有一次，他在宮裡值班時，正好被哀帝看到，對他的儀表風采，大是驚羨，於是董賢就這樣一日三遷，寵愛日甚，在十天半月中間，就被賞賜高達百萬，這

種毫無預兆的擢升，頓使朝中大臣，譁然震盪。

有一次，二人愉快地午睡。哀帝先醒，當他正想起身的時候，卻發現睡臥在旁的董賢，枕著他的袖子睡得正香甜，哀帝不忍所愛的「戀人」——董賢，在熟睡中被叫醒。

因此，哀帝就將自己的袖子割斷，然後起身而去。

自此以後，人們就暗中傳說著，雄性喜愛雄性的事為「斷袖之癖」。

對於哀帝那太過痴心的表現，宰相王嘉覺得太不可思議，極力勸諫，並屢奏「封事」（以囊袋盛裝不讓人知道，只有皇帝可以拆封）。

第一次是哀帝要封董賢為侯，詔書問及丞相，所以王嘉上封事說：「竊見董賢等三人（與息夫躬、孫寵），始賜爵，眾庶洶洶，咸曰『賢貴，其餘并蒙恩。』至於流言來解，陛下仁恩，於賢等不已，宜……延問公大夫博士議郎，考合古今，明正其義，然後乃加爵仕，不然，恐大失眾心……。」

第二次又奏言：「言駙馬都尉董賢，起官寺上林中，又為賢治大第，開門向北闕，引王渠灌園也……。往者寵臣鄧通，韓嫣，驕貴失度，逸豫無厭，小人不勝情慾，卒陷罪辜，亂國之軀，不終其祿，所謂愛之適足以害之也。宜深覽前世，

以節賢寵，全安其命！」

哀帝愈看愈不是味道，也就更憎惡王嘉「好管閒事」。王嘉竟還不知趣，又再上封事：

「安安侯賢，佞事之臣，陛下傾爵位以貴之，殫貨財以富之，損至尊以寵之——主威已黜，府藏已竭，唯恐不足……。」

看得哀帝真是七竅生煙，大罵他是「欺君罔上，狂言的傢伙」。於是獲罪下獄，被關了二十多天，連飯也不吃一口，吐血而亡。

就這樣，受寵盛極的董賢以二十二歲的年齡，就登上與丞相相提並論的大司馬地位。董賢家族也誠如所謂「一人得道，雞犬升天」地風光無比。

當單于來朝時，哀帝下令大宴群臣。

單于見一個英俊貌美的年輕人，竟坐在首席，就問譯者那人是誰？

哀帝命譯者答道：「少年俊秀，大司馬董賢是也。」

此時國力削弱的匈奴單于，自然不敢像王嘉那麼直，不會察言觀色；更不敢像他的祖父，在武帝的時候，笑他用一名才剛上書言事的車千秋為宰相，簡直是朝中沒有人材。

單宇馬上起立下拜，祝賀大漢能得賢臣。

哀帝實在太愛董賢，幾乎恨不得把心掏出來給他。於是思量著，竟想把帝位禪讓給董賢。

某日，在麒麟殿上，哀帝命置酒席，舉行宴會並請董賢父子親族一起都來聚會。以前被寵幸過的王去疾與弟弟王閎，也陪侍在側。

哀帝直看著董賢，對他笑著說：

「朕有意效法古代的聖王——堯讓天下給舜的美舉，怎麼樣？」

如此一個似隱實顯的謎猜，簡直笨得像戰國時代的燕王噲，打算讓位給宰相子之，而差點被齊國消滅一樣。

「愛情」總是盲目的，果不其然！

對董賢而言，要讓天子尊位給他，實在是再好不過的事。

然而，對「這個雞姦的傢伙」，不懷好感的群臣而言，若讓這個混蛋當上天子，再怎麼也無法忍受。於是不管幸或不幸，坐在哀帝身旁的中常侍王閎，便決死極諫，責問這件事道：

「天下本是高皇帝的天下，並非陛下所專有的，怎可說禪讓就禪讓？」

結果哀帝為其威勢所懾，就詭稱這話不過是開玩笑，別無他意，一笑置之。

王閎又道：「陛下承繼宗廟，任重道遠，當傳子孫於無窮，怎可隨便開這種玩笑，要知道天子是無戲言的。」

哀帝拉下臉來，默不作聲，臉孔脹得紅紅的。

左右都非常震恐，心想王閎這下死定了。王去疾趕忙遣走王閎，並請哀帝諒宥他一片忠心，宴會就這樣不歡而散，而以後再也不讓王閎侍宴了。

不久，哀帝替董賢蓋的新居落成，沒想到穩固的大門，無緣無故地壞了。八個月後，哀帝就駕崩。失去靠山的董賢，知道大禍即將臨頭，憂心如焚，不知所措。當太后問大司馬該如何調度喪事？他竟答不出來。

於是太后命姪兒王莽協助，因而大權旁落，王莽又仗侍他姑母的權勢，以歷年來災害頻仍，陰陽不調為由，收回大司馬印綬，罷歸宅第。

董賢自知難逃一死的後果，於是不久即自殺，其家人也很害怕，當夜就草草將他埋葬。

多疑成性的王莽，一聽到這消息，立刻開墓發棺，付獄檢視，並沒收董賢家的財貨。就這樣衣冠不整的埋在獄中，真是死後還要受活罪！

漢代佞幸的回顧

為了戀人而「斷袖」的哀帝，對極為「開化」的漢朝而言，一點也不稀奇。因為上自漢室開國祖先劉邦，貴寵男色，實在已是稀鬆平常的事了。

說到這點，想讀者必會大吃一驚說：「想不到劉邦這種老成人，再加上愛幸戚姬如此之深，竟也會如此」吧！

所以，這一節就是專論漢家天子寵幸男色的歷史。

不過，請讀者們不要誤會，中國「男色」糾紛，絕不是從漢代才開始的。根據古書上所記載的，在春秋時代，就已經有個非常有名的例子。這在韓非子的說難篇，與司馬遷的《史記》都有提到。

那就是衛靈公的嬖臣——彌子瑕。彌子瑕在衛國本來也是個地方小官吏，後因衛靈公出遊，對他一見傾心，於是擢拔他進入宮中，常跟隨侍從靈公左右。

有一次，彌子瑕得到在家鄉的母親病重的消息。彌子瑕為讓病中的母親看到自己在靈公左右很吃得開，也同時急著趕回家中，探望母病。

於是矯詔，駕駛靈公車駕，不告而返鄉。根據衛國的法令，竊取國君車駕者「刖」（挑斷腳筋）。

然而靈公聽說子瑕是為趕回去探望母病，便說：「多麼孝順的可人兒啊！為母親的緣故，甘願忍受『刖』的痛苦，實在太偉大感人了。」

於是也不處罰他矯詔的大罪。

又有一次，兩人同遊果園，彌子瑕摘下一個桃子吃，覺得很甘甜，便遞給靈公嚐。靈公道：

「多愛我的子瑕啊！寧願捨置芳甜的桃子不吃，而留下來讓寡人吃！」

自此之後，就更愛他了。

朝中有一位非常正直，名叫鰌（史魚）的大臣，屢次勸戒靈公，不要親信巧言令色的彌子瑕，靈公也知道史魚很正直，然而卻捨棄不下美貌的彌子瑕。

就這樣一拖好幾年，史魚因病而死，臨終訓誡兒子，別把屍體置於正堂，喪事也只要草草辦理，不須要輕費一分一毫的金錢。

靈公聽說史魚死了，特地到他家去憑弔，卻看到屍體不在正堂，而史魚的家人雖悲傷，卻一點也不像家裡有喪事的樣子。

靈公自然好奇的詢問，史魚的兒子答道：「先父遺言，身為國家諫臣卻無法讓聖居納言，以盡忠職責，空領乾薪以安度餘日，上愧聖主，下負百姓，罪莫大焉，如今一死，適足以謝罪國人，而既生無益於世人，死也當不損於世，所以命令家人草率掩埋，不須大費周章。」——這就是有名的「屍陳」。

靈公一聽，實在感動萬分，而此時的彌子瑕也漸入中年，再也不如往日的秀美，姑且說是「人老珠黃」吧！

於是靈公便拾取舊事來罵彌子瑕：

「以前你沒有得到我的許可，竟然膽敢矯詔駕我的車馬一走了之……。」

「以前你把我看成什麼人，竟敢把吃剩的桃子，塞到我的嘴巴……。」

失去美色的彌子瑕，就這樣被罷黜了。成語「色衰愛弛」，也正是源本於此。

知道這一位「棄男」的故事後，我們就來說說漢家天子——

•高祖

說到高祖劉邦的糗事，便不得不先談一位殺狗出生的屠戶——樊噲。

讀者們如果知道鴻門宴的故事，自然敬佩樊噲的膽量與豪氣——由於項羽較晚入關，在路上聽說比自己還弱的劉邦竟已先入關中，且已準備要與入關的項軍

決一死戰。項羽大怒之餘，便準備次日發兵去收服劉邦。幸好劉邦有項羽的叔父項伯做內應，幫助他講情，才要劉邦來會於鴻門。

在宴會上，幸因樊噲大膽仗劍，排闥直入大廳，數落項羽一番，自稱連死都不怕，於是拔劍剜肉，舉酒仰盡，讓項羽心下喝采，而饒了劉邦一命。

這樣一位英豪，正是呂后的妹妹——呂須的丈夫。換句話說，跟劉邦是連襟的關係。

自從劉邦登基後，以前幫他打天下的將領，卻紛紛叛變，或許是自知年紀大了，想要有人替他鞏固政權，自己也好享受一下，於是就唱出聞名於後世的一首大風歌：

「大風起兮，雲飛揚。
威加海內兮，歸故里。
安得猛士兮，守四方！」

唱了數遍，而泣下數行，一般爭皇帝的心理大都是想要榮華富貴，像高祖這樣操勞一生，倒反讓人覺得可憐。

話說平息叛將韓信、陳豨、彭越之後，黥布（本姓英，因犯罪被黥故如此稱

呼。又起兵造反，此時的高祖卻「病」了，病得不想見人，天天臥於宮中，甚至聽到黥布反叛時，就要他那仁弱的太子，去降服這匹虎狼。

更下令不准群臣進宮（聰明的他，自然知道群臣進宮為何），否則處刑。

至於這位不愛見人的帝王，是在宮裡養病嗎？群臣也不知道——太過「秘密」了。憂心如焚的樊噲受不了，眼見大臣們個個明哲保身，自忖就是拼了一條命也要進去瞧瞧，並力諫他要好好地守著這個用血汗換來的成果。

於是，不要命的他，再次排闥直入，一些大臣們，也驚懾於他的膽氣，跟他進去了。一幕驚人的景象，呈現在大臣的面前——平日豪氣十足的高祖，正枕在小宦官的大腿上哩！

高祖還沒來得及動怒，樊噲先掉下淚來：

「陛下和小臣等人，從小小的沛縣，揭竿起義，一舉而安定天下，這是多麼雄壯威風的事啊！而今天下安定了，陛下您又多麼疲憊懶散啊！如今陛下病重，卻不與大臣共商要策，使天下人心惶惶，臣子不知所措，陛下您一人，反跟一個卑賤的宦官守在一室，難道陛下愛宦官更甚於天下？即使陛下將要駕崩，也只要跟這閹人訣別嗎？」

高祖笑了笑，起身走出宮門……。至於這一個宦官，就是史記佞幸列傳的籍孺。

●惠帝

如果讀者們還記得前面所講過的「人彘」，這裡就很好說明了。

且說呂太后投下肢體不全的戚夫人於糞坑後，對自己的傑作愈看愈有趣，只可惜的是，少了一個知音來共同賞玩，於是就帶她那仁弱的孩子來「觀賞」。

惠帝一看之下，臉色大變，問明是戚夫人後，整個人全身發軟。

大為掃興的呂后不得已，派人扶他回去休息。當他較清醒時，就大哭不止，也因此而患病。

病了一年多，都沒辦法起床，等他稍可以走動，便派人跟呂后說：「這種事簡直不是人做的，臣是太后的親生兒子，既然上樑不正，又憑什麼治理人家？」

從此以後，便日夜淫樂，喝酒放縱。而陪侍他的，就是一位名叫閎孺的宦官。

惠帝很喜歡這個聽話懂事，又善於應對的可人兒，常常要他陪侍在側——一同出入、吃飯、睡覺，簡直是「秤不離錘」。

至於婉順的閎孺則常在他的服裝、面貌上下功夫。除了搽脂粉外，還插載鵕

鵝鳥的羽毛，海貝編飾的玉帶——頓時飛光映天，耀人眼目，更增惠帝的愛憐。

這種領導尖端的新潮流，可真不是蓋的！一些郎吏侍中，也都覺得他們光彩大減，於是起而效之。

一時衣香鬢影，羽冠貝飾，處處可見，甚至連後宮佳麗，也不敢望其項背了。

●文帝

文帝是仁惠的帝王，他在政治處理方面，也很成功，算是難得的好皇帝，不過也有寵愛的「男色」——在宦官方面有北宮伯子和趙談。

趙談會看星象，北宮伯了很體貼人，文帝都很喜歡他們，常與他們共乘一輛馬車出入。

話說這一次趙談，由於蒙主上的愛寵，於是不免驕恣起來，心想「皇上這麼愛我，諒那些大臣能奈我何！」於是連大臣也不看在眼裡。

反而一些需要擢遷的臣下，還要來委託他幫忙！在大臣中有一個袁盎，宮位雖然不高，可是常鄙視他這位低三下四的下監，連正眼也不瞧他一眼。

看在趙談眼裡，可恨得牙癢癢，常在文帝的耳朵邊說袁盎的壞話，所以袁盎官位一直不高，兩人就此結恨。

終於有一次，機會來了——孝文帝又和趙談同車自未央宮出來……。

袁盎立刻趕往，跪伏車前諫道：「臣盎聽說，蒙受天子寵渥和天子共乘六尺車駕的，全是天下英豪。現在，天下雖然乏人材，而陛下獨獨奈何跟受刑刀鋸的腐人同載。」

文帝笑著命趙談下車，面紅耳赤的趙談，也只得羞泣的下車。此後文帝的興趣也轉移了。

有一天，文帝忽然做夢，夢到要飛昇上天，可是再怎麼努力也是枉然，幸好有一個衣帶後穿的划船小吏，從下面推他一把才上得去。

醒來之後大覺奇怪，便特地去注意這麼一個人。

當文帝走到漸台時，有意無意地向下看，正好看到一個衣服後穿的划船黃頭郎。文帝一見大喜，馬上召來問話，這人就是鄧通。鄧通沒什麼才幹，就只會划船而已，人也很平實。

當他被賞賜數十鉅萬，大為貴寵時，也不會跟貴族公卿勾攀交通，而常常侍奉在文帝左右。文帝見他這種細謹的性格，和自己很相近，所以也很愛他，並賜他官至上大夫，常常就到他家去蒸飲。

只是日子一久，鄧通對於公卿禮儀也怠慢起來了。

有一天丞相申屠嘉上朝奏事，鄧通侍帝於側，一副高高在上的模樣。中屠嘉奏事完畢後，又接著說；「陛下愛幸佞臣，令他大富大貴，這還罷了。至於朝廷上的禮儀，卻是不可以怠慢的。」

厲害的申屠嘉，雖沒有道破那個人怠慢，聰明的文帝自然一點就通，應道：「你且別說，我私下再跟他談好了。」

申屠嘉實在愈想愈氣，於是就以丞相的權力，檄召鄧通到丞相府，鄧通仗侍文帝的愛幸，理也不理，申屠嘉火大了命道：「違命不到，就地斬決！」

這下鄧通可怕了，立刻人宮求於文帝。

聰明的文帝說：「你儘管去，包你平安沒事。」

惶恐不安的鄧通，就在不得已之下，來到丞相府。只見申屠嘉高高在上，一副嚴厲的撲克牌臉，讓人打心裡害怕。鄧通嚇慌了，脫冠赤腳，下跪求饒。

申丞相說：「鄧通小臣，怠慢高皇帝朝廷儀法，大不敬！如今丞相召命，竟敢抗命不到！當斬！」命府吏拖出去行刑。

鄧通害怕得大力磕頭，磕得頭破血流，申屠嘉仍不為所動。

這邊的文帝，料想申屠嘉大概也處罰得夠了，才命使者持節往丞相府，說：「這是我的弄臣，丞相且饒他吧！」申屠嘉洩了憤，氣也平息，於是把他放了。

鄧通回到文帝身邊，哭訴地說：「丞相幾乎殺了我！」受過教訓的鄧通，下次再也不敢無禮了。

也不知鄧通那一點吸引文帝，文帝愈來愈愛他。有一次，特命善於相命的人為他看相，相命的人說：「螣蛇入海（鼻兩旁的法令紋，拐彎入於嘴角），註定貧餓而亡。」

文帝說：「鄧通富貴與否，全操之在我，豈有此理！」

於是賜鄧通蜀地銅山，任他鑄錢發行。當時的鄧氏錢，也因而遍布四海。

有一次，文帝大腿生瘡很嚴重，常會流膿，所以，鄧通常為文帝吮吸出膿來。

文帝看了很感動，就問他說：「阿通，你知道誰最愛我嗎？」

鄧通不假思索的說：「當然是太子囉！」可是當太子——景帝入宮探問時，文帝也要太子吮膿，太子面有難色，文帝也看的出來，於是就算了。

後來太子聽說鄧通常做這事而大覺沒面子，就這樣記恨在心。

文帝駕崩後，景帝馬上免鄧通官職，不久更沒收他的家產。結果，寵貴一世

的鄧通，真的活活餓死了。

而在後來的相書上，所謂「螣蛇入海」也都拿他當例子。

●景 帝

景帝對於寵臣，還不至於到「愛不擇手」的程度，不過還是不乏其人。

這個人就是郎中令周文（或云周仁，或云周文，名仁），在景帝為太子時，他是太子的專任醫師。

當太子即位為帝時，對他也很寵愛，只是還沒有到達「瘋狂」的程度罷了。然而，這位周文倒也真是個怪人！自己本身雖是醫師，卻染患「陰重不泄」（一種生殖機能的性障礙，排泄不能通暢）的症狀，所以常常溺袴，弄得臭兮兮的，而又不喜歡換衣服，總穿得破破爛爛的。

一般的「男色」，大都是年輕貌美，儀態萬千的俊秀，卻不知景帝偏偏喜歡上他！或許正如所謂：「海畔有逐臭之夫」吧！

另外，周文他又有個足以讓景帝安心的特色（或許也正因如此，才對他寵愛有加）那就是，他不太愛說話，往往一整天說不上三兩句。

如果景帝要問某個人的好壞，他總是說：「有陛下聖斷就夠了！」

正因如此，所以常引他入臥室，或是進出後宮——「秘戲」（因為這種遊戲太過秘密，周文又不會透露風聲，誰也猜不著到底是玩什麼花樣），甚至景帝還常常幸臨其家，住上幾夜，再回宮裡。

景帝也經常賜他許多貴重物品，但他總是謝讓，不敢收受。如果大臣要來賄賂，他更是立刻拒絕。

有句俗話說：「滿招損，謙受益。」太過自滿的人，往往會招來禍害。或許周文這樣做，也是為了明哲保身。等景帝駕崩，武帝即位，周文仍然身居要津。後因病，免官歸老，算是佞幸之人，難得有好下場的幸運者之一。

●武帝

叱咤風雲的人物，且又多情的愛著李夫人的狂飆人物，竟也深好此道？想必讀者們也都要羨訝他的「來者不拒」。

武帝所寵愛的宦官，就是李夫人的哥哥「協律都尉」李延年，關於李延年的事，挪到以後再敘述，在此只是說明武帝可真是「愛屋及烏」的明君，所以才會常跟李延年共同「臥起」。

另外一位，則是叛將韓王信的孫子韓嫣。（按：這一個韓信，跟蕭何月下追

韓信的淮陰侯是同名而不同人。）

韓嫣生得高大而貌美，口才也很好。當武帝仍是膠車王的時候，就跟韓嫣交善，兩人常在一起學寫字。此外韓嫣還善於騎射，連武帝都自歎不如。

武帝即位之後，封韓嫣為上大夫，賞賜之多幾與鄧通相差無幾。韓嫣又「拉拔」他的弟弟韓說，讓他也一樣，同受寵於武帝。

可是年輕氣盛貌佳的韓嫣，不似周文那般，「老成懂事」——有一次，輕浮的韓嫣，竟然跟武帝在大殿上追逐起來，並對武帝有了「輕巧」的舉動。

這時候，在宮裡值班的李當戶——飛將軍李廣的長子；李陵的父親——看到眼裡，大覺不是味道，抓起韓嫣飽以老拳。

挨了揍的韓嫣，自知「理虧」，也不敢還手，就這樣悻悻地離開。

這對韓嫣而言，不過是個教訓，可是仍不知死活的韓嫣，就因他那浮躁的性格，而死於非命。

武帝的個性活潑，好動，又善變，他很喜歡在上林苑遊獵（所以司馬遷也才會上「諫獵表」勸他要多為自己的安全著想）。

有一次，江都王入朝，武帝邀他也一起去遊獵，江都王自然高興地滿口答應

下來。隔天，江都王便候駕上林苑中，忽見遠處煙塵滾滾，直向這裡馳來，江都王但見車乘華麗，隨從數百名，以為天子駕臨，馬上伏謁道旁，可是車駕竟一溜煙地奔馳而過。

羞窘的江都王，事後才發現，原來是韓嫣先乘副車，巡視獸匹。

韓嫣當時也因奔馳太快，根本沒有發現道旁跪著江都王。

貴為王侯的江都王，怎堪忍受這種屈辱？便向皇太后哭訴，說他要歸還爵封返回京畿！充當個皇帝身邊的侍衛就好了。——導火線就這樣埋下。

平日，韓嫣就屢次跟武帝進入後宮，所以森嚴的後宮，對韓嫣而言，根本就是不設防的關卡，出入自由，全無阻攔。未料，韓嫣竟然膽敢勾引後宮寂寞的佳人，跟他們暗通款曲。

不意姦情流播太快，這事竟給皇太后知道了，憤怒的皇太后，簡直像是火上加油一般，怒不可遏，下令賜死韓嫣。

雖然武帝深愛著這位充滿活力，熱情奔放的韓嫣，屢次地代向皇太后說情，然而皇太后對他銜恨既深，再怎麼討饒，仍屬無效。

於是，偷香的韓嫣，就這樣成了「風流鬼」。

以上從開創基業的高祖劉邦，一一道來。對於漢家這種超乎尋常的「遺傳」性格，想必會讓您驚異不已吧！

那麼，漢哀帝的「斷袖」，自然也是稀鬆平常之舉了。

中國史的美男子

在人類情慾中，「男色」這種玩樂有令人不可忽視的一股力量。所謂「男色」，也就是意味著——男人對男人迷戀的情形。當然，在這類當中對於「女性任務」——令女子癡迷，因而獻身之謂。也有非常俊秀的美男子。像前面講過的——司馬相如對於卓文君，正是一例。又如上述的董賢，依照傳說，被形容為美麗善媚而且溫柔恭順，又長於察言觀色，正是一個標準超特級的人物。

歷代中國皇帝，有斷袖之癖的不在少數。或許在他的立場上，可能是這種超特級的美男子，太容易得手的原因。

中國人口眾多，自古以來，就有許多美男子的傳說。然而，古時候又沒有照

片存真，這實在可惜。

為了供作參考，介紹一下中國具代表性的美男子。

不過在此還要打個岔，也就是先說明下面所要論述的人物中，大致是以三國以降，六朝為主的一干人。

為什麼要專挑這時代的人來說呢？這是有原因的。

想必大家也都知道，六朝是駢文最鼎盛的一個時代，這是由於六朝人崇尚華美的關係，而這種文學觀，自然也是人文的因素。

換句話說，在那一個時代裡，上至帝王公卿，下至百姓庶人，沒有一個不愛美，然而愛美本是人的本性，這也無可厚非。

只是他們愛美的方式，走得太偏狹，以至於他們所認為的「美」，全然是一種柔性美。以我們現在的眼光看來，他們一定都是心理變態，可是在他們當時，如果不這樣，反而才是心理變態。

如果讀者看過《三國演義》，這部具有軍事觀念的偉大鉅作，想必對呂布、馬超等人，留下深刻的印象。

他們都是驍勇善戰的猛士，同時更是唇紅齒白，面如冠玉的俊秀，不過仍為

「剛性美」的代表。

而現在所要說的幾位六朝人物，大都較偏向「柔性美」。

至於這種風氣，也並非一下子就突然產生的，它完全是其來有自的。

想必讀者們對《三國演義》裡的一代梟雄曹操，印象特別深刻吧！

且說這位被進謚為魏武帝的阿瞞，有一次要接見匈奴使者，自覺形貌醜陋，不足以威震異域，所以使聲姿軒暢，眉目清朗的崔琰代替他。

自己則提著刀站在他旁邊，所以，後來才有「捉刀」的成語產生。

自古以來，上有所好，下必有甚焉。以權壓漢獻帝的曹操，也自覺容貌的重要，他的臣下部屬，自然也就起而效之。

再看篡了漢位的魏文帝曹丕，可更不得了！他是歷史上記載帝王有搽粉的第一人，據說他的脂粉，是隨身攜帶著的。

而有趣的是，據說，有一次他大概粉塗得太濃太香，當乘上坐騎時，竟引起跨下的坐騎大為動情，轉過頭來咬他的大腿。

再如魏明帝，可就更不像話了，根據晉書五行志記載：「魏明帝著繡帽，披縹紈半袖裳以見。」

就是說他頭戴繡花小帽，身穿火紅透明的綢紗，而且還是半袖的，古代的衣服都是長袖大袍，因此，若說他是服裝設計師的始祖，也未嘗不可。

結果被正直的臣下楊阜訓斥一頓，說這不三不四的怪裝扮，於禮法何據？而且帝王乃以黃為正色，怎可穿這種非禮的東西。

即使是褻衣，尋常人也不以火紅深紫（有引誘的味道，只有不正的人才穿）色為主，更何況以堂堂帝王之尊，竟穿起這種妖服。

結果罵得明帝默然低頭，不敢申辯。

※　※　※

中國史上，被認為是第一美男子的，是一名叫潘安的晉朝人。

我們形容某人長得帥，便說「貌若潘安」，典故就是由他而來。

不過，潘安並非他的本名，他原名潘岳，字安仁，所以應該說：「貌若潘安仁」。所以要少去一個「仁」字，這大概有幾個原因：

第一是古人常有把人的姓名縮省的情形，比如戰國時的魯仲連，是一個口才辯給的外交家，卻偏被稱為魯連；春秋齊國的矮丞相晏平仲，又被叫做晏仲，又善於聽琴的鍾子期，又被稱為鍾期。

第二是簡化人名，大概為行文方便，中國字是個很特殊的藝術品，它的特色是單音獨體，常能利用這種好處，寫出對仗工整的文章。最明顯不過的，就是張貼門上的對聯。

尤其六朝駢體文，對偶更是力求工整（所謂對偶，就是指句子兩兩相對）為讓字數平等，所以省略了。

第三個原因則可能是為了動聽的關係。中國的成語，大都是由四個字組合而成的典故，所以在沒辦法的情況下，就把這「仁」字去掉了。

或許讀者又要問說：「那麼說『貌若潘岳』，豈不乾脆！」

這個問題很麻煩，因為它已牽涉到中國文字聲音的平仄，簡單地說，是為了使聲調悅耳動聽。

一個是三仄挾一平，平聲被鎮壓住，顯現不出功能，所以不好聽。

反之，若是用「安」字，剛好二平二仄很諧調。

把一些基本的道理說清楚後，再踏入正題。

因此，潘安成了一般美男子的通稱。

潘岳是西晉武帝一朝，宮廷中的文學家。

晉朝大概從紀元二八〇年左右開始，以後的幾年間，因為久經戰火，朝野皆主張休養生息，因此政治太平，此時的年號就叫做太康。

且由於天下較安定，所以在中國文學史上，也產生一種號稱太康文學的典雅華麗的文學風格。

在太康時代的文學家中，有所謂「三張、二陸、兩潘、一左」。

指的就是——張華、張載、張協、陸機、陸雲、潘安、潘尼、左思。這八位代表性作家。

其作品姑且不論，而在後世最負盛名的首推潘安。這理由其實也不用說——只因他是位絕世的美男子罷了。

有關潘安這美男子的模樣，依照《晉書》與其他資料的記載，實在是驚人！

例如：在他青年時代，當他手挾彈弓，身跨坐騎，直出洛陽城外狩獵時……。

道中遇到的每一位女性——從老太婆到十幾歲的姑娘——無一人例外，都盯著他的臉直瞧。

更有人不怕被馬踢傷，一直擠到他面前，瞻仰他的風采，絲毫沒有要離開的打算。潘安認為會阻礙狩獵，實在很不耐煩，忙用手揮開他們，但卻無人聽從。

只好草草結束狩獵，趕緊回家。

而且還據說，當他外出駕著馬車在洛陽城中奔馳時，更是事態嚴重——城中所有的女性，一看到潘安，「哇」的一聲，蜂擁而至。

也不怕人笑話——因為大家都一樣。於是在路上手牽手，把馬車包圍住，不讓他通過。

每個人像痴呆似的，不眨一眼地盯著潘安看。

另外又有一次，一位姑娘為表達她心中的愛戀之情，就把水果投入潘安的座車中。

如此一來，每次外出時，潘安的車子，總是滿載水果，使得駕車的馬匹差點都要走不動了！

這成語就叫做「擲果盈車」，即使到現在，也都被當作新聞雜誌等報導的用語呢！

所以潘安受歡迎的程度跟董賢一樣，也屬於超級的。只不過董賢專屬一人，而潘安卻是屬於大眾情人。

這和今日被女子們包圍，大受歡迎的男歌星們，相較之下，其間仍有很大的

差別。

今日的明星們其受歡迎的程度，也不可能像這樣，在千年之後，仍以一句成語，廣泛流傳，而名垂後世吧！

但是，神明們，有時候總愛做些諷刺性的事，來捉弄人。

與潘安同為太康八大作家之一的張載，卻可憐得很！這個人的渾名竟叫「醜八怪」，是天下最醜的男子。

當他外出的時候，無論是誰，就連小孩子也都看他不順眼，而拿石頭、瓦片丟他，要好好地散一散步，也都無法成行，只好氣急敗壞的逃回家。

另外，中國人比較熟悉的，也是八大作家中的其中一位——左思。

關於張載的醜是記載於《晉書》，而左思在《晉書》也說他「貌寢口納」，就是醜陋不善言談的意思。

又根據續文章志的說法：「思貌醜顇，不持儀節。」就是說都已醜到極點，自己還不打扮修飾一下的意思。

所以《世說新語》裡，說他是馬不知臉長，竟也效法潘安駕車遨遊，卻讓一些婦女們看得大覺噁心，連連向他吐痰，使他落荒而逃。

有趣的是，大概張載和左思兩人同病相憐吧！左思要寫一篇「三都賦」，便特地去拜訪張載，向他請教蜀地的風物。

當他構思十年，完成著作之後，並未受到重視，還靠著張載幫他作注，才一時「洛陽紙貴」，倒稱得上是「患難」之交！

造物主在同一舞台上，創造兩種強烈對比的人物登場，使得潘安的美貌，更形光彩奪目。

這是在中國史上，有名的小插曲。

潘安在文學之外，也擅長保身之術，常技巧地運用政治手腕，在詭譎起伏的政治漩渦中，像一面衝浪板般，少有覆沉。

說到他的德行，其實是不算太好的，《史書》說他「性輕躁，趨世利」。他跟前文曾經說過的石崇是好朋友，兩人曾經諂事權貴賈謐。每當賈謐出來，便望路塵而拜，也難怪有人會說文人無行。

最後，潘安與賈皇后在一次失誤下，同時被殺。

事情是這樣的：潘安平日，就極為厭惡他的屬下孫秀，所以常用鞭子打他。因此，後來孫秀轉而投靠趙王司馬倫旗下，竟成為趙王的親信。

孫秀的本性也實在狡黠惡劣得很，這下子一副小人得志的嘴臉，顯露無遺。

而潘安也不是個傻子，見他嫌惡的人，如今竟一躍登天，心知大事不妙，馬上親自造訪孫秀，說：「先生可曾記得我們往日『共事』的情形？」

孫秀咬牙切齒的地：「中心藏主，何日忘之！」

潘安自知來日無多了。

果不其然！當時惠帝昏庸，賈后專權，引起天下諸侯王的蠢動，人人都覬覦著天子的寶座。

趙王的心思自然也是如此，善於應變的孫秀，有見及此，故而誣指潘安，謀立齊王冏和淮南王允，準備要攻打趙王。

趙王一聽，這還得了，馬上搜捕潘安，斬於市朝，並夷滅安仁三族。——這就是一代「美人」的下場。

所以，他的下場也是很可悲的。

至於賈皇后這個人——后妃的風流韻史一段中，已曾述及。就是白痴皇帝—晉惠帝的皇后賈南風。

她從街上收攬美男子，當作臨時的男妾。因惟恐東窗事發，所以事後，那些

男妾均被殺害以滅口。

看完潘安的敘述，想必會驚訝，那時候的女人，怎麼如此「沒教養」？其實不僅女人如此，就是當時的風流名士，也個個成了「長舌公」。

由於當時的時代風尚關係，一些公卿貴族們全「不務正業」，整天圍在一起閒磕牙。上至天文，下至地理，大至安邦定國之計，小至夫婦床第之隱，無所不包，無所不談。

看到某人俊俏倜儻，也會品頭論足一番。沒有一個人能夠忍受他人貶斥的，所以，在閒著沒事做之下，也就開始「整修門面」。

比如有個名叫王夷甫的人，他原本已長得很美，為了別出心裁，於是悉心製作一把白玉柄的麈尾隨身攜帶，來去猶如神仙，看得大家讚不絕口，也紛紛起而仿效。

夷甫的雙手，潔白如玉，當他手持麈尾時，簡直分不清是玉是手！所以，大家又封他一個「美手先生」的稱號。

又如兩人同起同坐，他們也會有話說。

像夏侯湛，他也是太康時代的文學家，在當時也是頗負盛名，且容貌俊美，

很受人喜愛。正如張載和左思兩個醜人在一起一樣，夏侯湛就常和潘安同臥起出入，所以時人便封他們「連璧」的美號。

當然，也有美醜同在一起的，不過這並非得已。

在魏末明帝時，有個名叫夏侯玄，字太初的麗人，由於他實在美得「發亮耀眼」，所以人稱他「朗朗如日月之入懷」。

魏明帝也是很喜歡他，就要皇后的弟弟毛曾學學他，跟他共同坐起，夏侯玄看到這個醜毛曾，實在不能忍受，不高興的樣子就顯露無遺。

魏明帝自然也看在眼裡，大覺沒面子，由於記恨在心，便乘機將他貶官。而當時人說毛曾與夏侯玄同坐，正是「蒹葭倚玉樹」。

對於六朝人的審美觀，想必讀者們大致也有個概念。現在更特別來提一位「東亞病夫」的代表，好讓讀者更加深印象。

這位病態美男子名叫衛玠，他就是衛瓘的孫兒，也就是晉武帝本來想要惠帝聘娶的衛家。

衛家不論男女，個個都才貌出眾，而衛玠更是個奇蹟！或許在現代，潘安的名要比他響亮，而在當時，恐怕猶有過之，因為衛玠還小於潘安。

衛瓘對這個小孫子很喜歡，當他才五歲時，就已是一副眉清目秀，神采爽朗的聰明樣了。

所以，衛瓘就常與人說：「這小兒有異相，我們衛家將來可要靠他揚名了！」活潑可愛的衛玠，在還沒換乳牙的時候，就喜歡坐著白羊車四處遊逛，路上的行人看了，都要驚呼：「仙童降臨了！」就這樣一傳十，十傳百，大家都圍過來觀看。

此時有人知道他是衛家的寶貝孫子，才跟大家澄清誤會，眾人才逐漸散開，而「仙童」之名也就不逕而走。

也有人因見他那如羊脂般的肌膚，潔白無瑕，就如上等的玉石一般，故稱他為「璧人」。

只可惜這一位早慧的玉童，並不像祖父所期許的一樣，他很早就去世了。

話說年紀輕輕的衛玠，大好前程正等著他時，他卻染患當時無法醫治的肺結核。

凡是生肺病的人，必然會雙頰緋紅，猶如搽上胭脂一般，所以他的「美」，更是別具風采。而在當時人的眼中，也不把他當成病人，人人都以能親自瞧上一

眼而感到光榮。

有一天，傳說衛玠要從豫章到下都去看病，好奇的民眾，當晚就已在那兒守候了。

當衛玠的車駕緩緩的駛出之後，眾人就這樣一直跟在馬車的四周。

還走不到五公里，成千上萬好奇的人，已把道路堵得水洩不通了。

沒辦法的衛玠，只好下車步行。

時值盛夏，才走不到一里的衛玠，雙頰紅得猶如寶石一般，閃閃放光。

看的人更不忍走開了，而後面的人，想擠前面，前面的人又不忍離開。就這樣引發好幾次大暴動。

當然，衛玠有人保護著，而圍觀的人也視他如神明，不敢對他稍有侵犯，所以他還算安然無事。

可是這一趟十多里的路，竟從早上，走到黃昏才抵達目的地。

本是肺病第三期的病人，如今又如此勞累，就這樣病得更深重，終至一病不起。

當時人聽到這消息，愛戀著他的人，無不痛哭傷悼，而披麻帶孝的，更是不

可勝數——這就是有名的「看殺衛玠」的故事。

繼續再談一談歷史史上另一位美男子。

這是晉朝之前三國之一——魏的重臣，名叫何晏。

他與老莊，虛無思想、清談、竹林七賢等有關。

母親是曹操的妾，但他並非曹操的親生兒子，他是東漢末年何皇后的哥哥何進的孫兒。後來他的母親又嫁給曹操，因此他是在宮中長大的。

何晏真是個明眸皓齒，肌膚勝雪的美男子。

而他也是個頗有文名的文學家。《論語》正是由他所註解的。

《晉書》的五行志，也記載著他喜歡穿著女人的衣服。《世說新語》裡，也提到他穿紅衣，這真是個奇怪的癖好，或許他自己本來就願意是個女人吧！

總之，當時候的人，對他這種舉動，也不覺得奇怪，他還是堂而皇之的取得社會認可。何晏除了漂亮，愛打扮之外，更是六朝講求服食藥膳以延年益壽，或得道成仙的始祖。讀者們若有興趣，不妨進一步的去研究這個人的心態，想必一定會覺得很有趣。

不過，據說何晏與魏國第二代君王，明帝不大投緣。

明帝總覺得太秀美了，自己老是比不上他，因而對他有些吃醋，疑心何晏的雪白肌膚，一定因化粧的關係，為讓他「現出原形」大大地出醜，便想出個辦法來。

在某個夏日的正午，故意與他共餐，而他吃熱餛飩，然後再仔細端詳，滿身汗珠的何晏。

汗水淋漓的何晏吃完餛飩後，隨手用紅袖一揮，然後再起出羅帕，擦拭著面部，光滑如玉的粉臉擦拭過後，轉至嬌艷的紅色，直讓明帝看得目瞪口呆。

過不久，紅色漸褪，又露出如玉般的臉龐。

明帝見何晏姣好的面容全然不是化粧而來，原本即是清透得像白雪一般，不禁大吃一驚！

自此之後，也就甘拜下風，不再跟他比美了。

女色與男色

在漫長的歷史當中，除夏侯湛、夏侯玄、潘安、衛玠、何晏等人之外，還有

無以數計的美男子，真是數不勝數。

其中或有出身寒微，頭帶破帽，出去買東西的時候，被市場上的「商女」急著搶送帽子，以致家中帽子堆積如山的美男子。

也有一位是在洛陽，從事代書的美少男，凡是他碰到的每一個男士，都送他綢衣華冠；所遇見的每一位女性，也都爭著送他珍珠寶玉。

由於如此天天反覆不斷，因此，也變成一個大富翁。

當然，也有因為生得太過貌美，卻遭來殺身之禍，就像潘安、董賢等人下場一般，幸與不幸就全看他的福緣。

像這樣比女性美上十幾倍的男性，如果得到皇帝的恩寵，那可不得了！

因為，這對那些在後宮，人數已經過多，機會卻又少得可憐的女子而言，實在是個大問題。

於是同性的佳人，開始共同聯手．各展身段，盼能拉攏君心。

因此，在男性與女性之間，就因嫉妒懷恨而暴發了皇帝爭奪戰。

這個爭奪故事，大概要屬發生於明末的熹宗時最精采。

熹宗皇帝這個人，大概只將他的精力，全神貫注在情色一事上——只為肉慾

而生活的皇帝。明朝所以衰亡，可見不是沒有理由的。

對於後宮的嬪妃們，熹宗久而久之，便覺得厭煩不耐。因為她們總少了些冶艷的風騷氣味。

於是，在宦官的帶領下，來到北京城外的色情街上，尋妓為樂。

但是，他仍然不滿意，因此他又走進同性戀的天地裡，沉溺於孌童的獻媚中。

這消息自然很快就讓妓女們知道。

為得到皇帝的寵愛，男院與女院雙方，不免展開激烈的爭奪戰。

所謂男院就是男妓院，而女院就是女妓院，兩者對於熹宗的行幸，總是誠惶誠恐地瞭望著，就像迷路的人總希望找到柳暗花明的桃花源一樣——而他們要的是金礦山。

於是勾結宦官向皇帝說悄悄話等等，無所不用其極……。

最得熹宗歡愛的，是一名叫少彌的孌童，與一位叫賽施的妓女。於是集團性的大鬥爭，便縮小成兩位美人的拉鋸戰了……。

靜夜悄悄，熒火寂廖，一床最令人心軟的鴛帳中，賽施枕在熹宗的胳臂上，細語道：

「萬歲！男色亡國，可是自古而然啊！

以前有個衛靈公，因為迷戀一位彌子瑕的變童，因而國事敗壞，終至亡國！

這是有名的教訓，萬歲你說是不是？如今陛下您寵愛男院中一位叫少彌的變童，他取了個比『彌』（子瑕）還『少』（不行）的渾名，可知他的美還差得多哩！更何況他用這個敗國惡名，又怎能給萬歲帶來福氣？是不是呢！

所以，還是請皇上離他遠一點才好！」

而少彌這一邊，可也不是軟豆腐。當熹宗飄飄欲仙時，少彌乘機道：

「陛下啊！自古以來，還有比女色更敗壞國家政治的嗎？如今陛下在女院裏幸寵一位叫賽施的淫娃，可真是弄得滿城風雨啊！

請陛下想想她的名字，分明不就是賽西施的意思？

以前，吳王夫差寵愛西施，強大的吳國不是因此而國破家亡嗎？

寵愛西施，都沒有什麼好處，更何況賽施還想效仿比美她！

想到這裡，教我們這些身為臣下的，都不禁為陛下暗捏一把冷汗！」

如此這般地，各人使盡渾身解術竭力勸說……。

然而，熹宗的「兩把刷子」使用法，卻並不聽取任何一方的說詞。

很明顯的證據便是，自此以後，在宮中也有供人玩弄的孌童，與眼波流盼的妓女。這正是散佈明代滅亡禍根的開始。

漢武帝與李延年

由熹宗的例子，可以知道女色與男色孰優孰劣，實在是很為難的問題。但是，在歷史上，使用「兩把刷子」的皇帝卻很少。前文所說的，只不過是約略幾個人物而已。

現談談漢武帝和李延年的關係。所以特別要專立一節來敘述兩人的事情，是因為李延年雖以男色受寵，但他本身也是頗有才氣的音樂家。

如眾所周知，武帝是開拓絲路、促進東西文化交流的大政治家。但是，如前所述，他也是一位「色道」的大家。有關女色方面，因在美女列傳中已提及，不再多談。還是進入所要講的正題吧！

李延年這個人，以他的妹妹李夫人做為晉身之階，而被拔擢為武帝所設名叫「樂府」的官署長官——協律都尉。

既有賽若天仙的漂亮妹妹，不用說，他自然也是一位美男子。

「樂府」相當於今日的國家音樂司。其工作的性質是收集民間歌謠，譜成曲子。當朝廷祭祀或宴會之時，就演奏這些樂曲。

武帝是奠定中國音樂基礎的一號人物，李延年正是他的助手，與前面所介紹的唐代李龜年，同是中國音樂史上的大功臣。

李延年令人覺得有趣的一點是，竟能與妹妹同受武帝寵幸。

當然，這個妹妹是李延年自己向武帝推薦的。所以，與熹宗時的男爭女鬥情形，全然迥異。

我們實在難以舉一個適當的形容詞來描述，或者，姑且形容李延年的做法，正是「錦上添花」的處理方式。

自從李延年用他那男高音的美妙歌喉，唱出一位傾國傾城的天仙美女後（由於已在美女十二品選中引錄過，為節省篇幅，就不再引錄），這位天仙妹妹，自然入了武帝的懷抱。

兄妹兩人，就這樣同受寵後宮，與幸臣韓嫣，鼎足而立。

可是正值青春年少的妹妹，竟然與世長辭。對武帝而言，不過失去一個愛妃罷了；對李延年而言，則無異於大廈少了根樑柱，鴻雁斷了一面翅膀，真是損失慘重。

為彌補這種損失，李延年又引他最小的弟弟李季進宮。

武帝基於對李夫人的懷念，所以，對他們兄弟也「照顧」有加。

不知死活的兄弟兩人，以為還很受皇上寵愛，一副天不怕地不怕的樣子。漢武帝當然也注意到這現象了……。

出入宮禁，猶如家常便飯的兄弟倆，「終於」忍受不住宮人的引誘，就在「願打願挨」的情況下，也頻頻與他們進行暗中「交易」。

這一截尾巴被武帝捉住後，下令即刻擒誅李延年兄弟，並遣旨調回遠在邊境與匈奴周旋的貳師將軍李廣利。

接獲密報的李廣利，聞知弟弟們被處極刑，自己又屢次敗北，恐怕回去也難逃一死，所以立刻投降匈奴。

匈奴知道他是王親國戚，因此還將公主許配給他，寵貴更甚於以前投降的衛

律。衛律很忌妒，常讒言李廣利是漢軍間諜，適巧匈奴的太太——閼氏生病了。衛律於是串通巫者說：「以前祭兵的時候，常說要斬李廣利以祭祀。現在竟又重封他，所以天神動怒了。」

敬畏鬼神的匈奴，於是便燒殺李廣利以祭天地。李氏一族，就這樣地由盛而衰。

李延年與上述的潘安一樣，最後也被判處死刑，走上最悲慘的末路。

再看另一位美男子——「斷袖之癖」的董賢，也依然如此，走上自殺之路。

再看鄧通，再看韓嫣，他們的結局又是如何？

由此看來，生為美男子深受皇帝寵愛的「孌童」，他們的命運，幾乎是千篇一律。難道是因為數千後宮美女的怨恨？

想來，恐怕熱衷此道的仁君，對於他所鍾愛的孌童，即使因身罹毒瘡，伏臥在床的風情，大概也令人覺得有無限的誘惑；而在一時之間，什麼都可以為之犧牲，拋棄。所以，「互取所需，各得所利」的同性相戀之道，應該也可以說是恐怖的地獄之道。

國家圖書館出版品預行編目資料

後宮生活秘辛／廖義森編著
－初版－臺北市，品冠文化，民98.04
面；21 公分－（生活廣場；18）
ISBN 978-957-468-674-2（平裝）

856.9　　98001782

後宮生活秘辛　　ISBN 978-957-468-674-2

編 著 者／廖　義　森
發 行 人／蔡　孟　甫
出 版 者／品冠文化出版社
社　　址／台北市北投區（石牌）致遠一路 2 段 12 巷 1 號
電　　話／(02) 28236031・28236033・28233123
傳　　真／(02) 28272069
郵政劃撥／19346241(品冠)
網　　址／www.dah-jaan.com.tw
E-mail／service@dah-jaan.com.tw
承 印 者／傳興印刷有限公司
裝　　訂／建鑫裝訂有限公司
排 版 者／千兵企業有限公司
初版1刷／2009 年（民 98 年）　4 月

定　價／230 元

大展好書　好書大展
品嘗好書　冠群可期

大展好書　好書大展
品嘗好書　冠群可期